JACK JONES

FLUIDS

AF191526

Jack Jones

Fluids

Erotischer Roman

Achtung:
Dieses Buch enthält detaillierte Beschreibungen erotischer
Situationen und sexueller Handlungen, es ist daher für
minderjährige Leser nicht geeignet und ist ausschließlich für
den Verkauf an Erwachsene bestimmt.
Bitte stellen Sie sicher, dass Minderjährige keinen Zugang zu
diesem Buch erhalten !

Bibliografische Information der Deutschen Nationalbibliothek:
Die Deutsche Nationalbibliothek verzeichnet diese Publikation
in der Deutschen Bibliografie; detaillierte bibliografische Daten
sind im Internet über dnb.dnb.de abrufbar.

ISBN: 9783758310867

Copyright © 2023 Jack Jones

Herstellung und Verlag:
BoD – Books on Demand, Norderstedt

Alle Rechte vorbehalten.

Dies ist ein erotischer Roman, die Fortsetzung des ersten, ‚Liquids' genannten Teils, dessen Inhalt ebenfalls aus autobiographischen Erinnerungen mit einem Quäntchen Phantasie verwoben wurde.

Wenn im Vorwort des ersten Teils Sex als ‚schönste Nebensache der Welt' bezeichnet wurde, so kann der Autor dem heute nicht mehr uneingeschränkt zustimmen. Vielleicht könnte man es eher mit der Zubereitung eines guten Essens vergleichen.

Im Kochbuch werden die zu verwendenden Gewürze zwar genannt, aber kaum deren richtige Dosierung. Nimmt man zu wenig, schmeckt das Essen fad, zu viel, dann hat man das beste Essen versaut. Und wenn man seinem Lieblingsgewürz den Vorrang vor anderen gibt, dann kann das bei den Gästen ebenfalls zu einem unterdrückten Missfallen und sogar anschließenden nächtlichen Magenproblemen führen.

Also, ganz egal, wie einem selbst diese Mischung gefällt, und jetzt komme ich zurück zum Sex:

Die richtige Dosis ist entscheidend, und eine falsche Dosis kann sogar tödlich sein!

.

INHALT

I

Michi

♀️⚥? ⚤? 😁

Na ja, irgendwie war es ja klar, dass das mit Michi nach hinten losging. Zumindest jetzt im Nachhinein. Ich hatte mich seit langer Zeit mal wieder richtig in eine Frau verliebt. Aber das war vielleicht der Fehler. Ich will jetzt nicht sagen, dass ich vor Liebe blind war, nein, Quatsch, aber irgendwie hatte ich doch unterschätzt, dass die Phase des Verliebtseins irgendwann zwangsläufig endet und eben der Beziehungsalltag beginnt. Vielleicht hatte ich von meinem Job, der mich damals als junger BWL-Absolvent richtiggehend fesselte (vor allem endlich richtiges Geld zu verdienen) und bei dem ich auch relativ sauber in die Routine eines nine-to-five-Jobs überging, geschlossen, dass das in einer Beziehung ebenso gehen würde. Aber Pustekuchen! Es gab mehr und mehr Probleme. Zwar stammen wir beide aus gebildeten Familien, hatten Abi gemacht und studiert. Das bewahrte uns aber nur davor, uns nicht anzuschreien, zu schlagen oder mit Geschirr zu bewerfen. Es war ein subtilerer Vorgang, der langsam aber sicher zum Ende führte.

Bei Trennungen werden zwischen den Partnern und vor allem nach Außen immer alle möglichen Scheiß-Gründe angeführt, wieso die Beziehung scheiterte. Unterbewusst (und heute, mit jahrelangem Abstand) war mir aber klar, dass es der Sex war, bei dem wir nicht auf einen Nenner kamen. Ich verfügte über reichlich Erfahrungen und hatte mit meinen Escort-Damen ein, sagen wir mal, sexuell extravagantes Leben geführt. Es gab bis auf echt eklige Sachen, die ich ablehne und die im Übrigen keine Frau der Welt wirklich praktizieren will, nichts, was ich im Bett mit einer Frau noch nicht angestellt hatte. Sie hingegen hatte die übliche Entwicklung genommen. Mit ein paar Partnern vor mir kam sie von Necking über Petting bis zur Missionarsstellung nicht viel weiter hinaus. Beim Blowjob stellte sie sich an wie ein Teenager, und ich vermute, sie hatte selbst nie wirklich einen Orgasmus erlebt, geschweige eine Lust und ein unstillbares Verlangen danach entwickelt.

Zu meiner Schande muss ich gestehen, dass ich nicht in der Lage war, ihr all solche schönen Dinge näherzubringen. Weiß der Geier wieso, sie hat sich in dieser Hinsicht von mir wirklich nichts beibringen lassen wollen, vielleicht war sie in Wahrheit lesbisch oder hatte Missbrauchserlebnisse in ihrer Kindheit und Jugend.

Nein, ich will ihr jetzt nicht Böses, aber wie hieß es in einem Tom Cruise Film damals: „Everything ends badly, otherwise it wouldn't end".

Allerdings einem für mich schlechteren Ende, denn ich hatte meine Wohnung aufgegeben, um bei ihr einzuziehen.

Nun musste ich mir also eine neue Bleibe suchen und das war schon damals, Ende der 90er auf der ganzen Rheinschiene, von Frankfurt über Mainz, Heidelberg bis Mannheim nahezu unmöglich, außer man machte das richtig große Portemonnaie auf. Was mir aber nicht möglich war.

So zog ich also wieder bei meinen Eltern ein. Nur vorrübergehend. Aber an ihren Gesichtern war zu erkennen, dass sie nicht besonders begeistert waren und sich längst auf ein Leben zu zweit eingerichtet hatten. Relativ kommentarlos schob mein Vater seinen Golf aus der Garage, damit ich darin meine paar Möbel und jede Menge Umzugskartons lagern konnte. Das Gefühl, wieder in mein ehemaliges Kinderzimmer einzuziehen, war, ja, wie soll ich sagen? Jedenfalls fühlte sich das alles mehr als schräg an.

Im Grunde kann ich im Nachhinein nur den Kopf schütteln, wie es sein konnte, dass in dieser Phase mir mein Chef erzählte, dass sie mir kündigen würden. Scheiße zieht eben Scheiße an. Mein Gott bin ich froh, dass ich generell kein Kind von Traurigkeit bin und ein ganz ordentliches Selbstbewusstsein habe, so glaubte ich zumindest. Zum Glück bewahrte dies mich davor, jetzt nervlich zusammenzubrechen oder in den Drogensumpf abzurutschen. Nein, ich konnte dies, wie auch die Trennung von Michaela zuvor, ganz gut verarbeiten.

Nee, das stimmt nicht, eher verdrängen. Aber ein gehöriges Loch hat das schon hinterlassen.

So wich die Verwunderung schnell der Freude, als ich eine SMS von Ben erhielt. Ein alter Kumpel von mir aus Oberstufentagen. Der hatte, so wie ich auch, bereits damals seinen deutschen Namen amerikanisiert und brauchte dies jetzt besonders, denn er hielt sich in den

Wintermonaten immer in Kalifornien auf. Kaufte dort gebrauchte Motorräder für seinen Laden hier in unserer Kleinstadt.

Wir schrieben ein paarmal hin und her und er schlug mir vor, mir doch einfach ein Flugticket zu kaufen und zu ihm rüberzukommen. Ich könnte ihm ein wenig helfen und wir würden abends kalifornischen Rotwein aus der braunen Papiertüte am Strand trinken und dem Sonnenuntergang zusehen.

Ich musste nicht lange darüber nachdenken, ging damals noch ins Reisebüro für das Ticket und saß eine Woche später schon im Flieger.

Ich war noch nie Langstrecke über den Atlantik geflogen und genoss es, mittags in Deutschland loszufliegen und bei permanentem Sonnenschein elf Stunden später nachmittags am selben Tag in Los Angeles zu landen.

Ben begrüßte mich braungebrannt wie ein richtiger Beachboy im Schlapperhemd und kurzen Hosen bereits am Gepäckband. (Ja, sowas war damals noch möglich!)

Genauso schlapperig wie seine Klamotten war auch sein riesenhafter Pick-up-Truck, auf dessen dreckige offene Ladefläche er meinen Koffer legte und wir nun den ‚PCH', den Pacific Coast Highway, der kalifornischen Traumstraße schlechthin (das gilt für den Bereich zwischen LA und San Francisco), entlangglitten in einer schier unfassbaren Verkehrsdichte, eingerahmt von einem Geblinke und Geflimmer von Leuchtreklamen, die jetzt mit beginnender Dunkelheit meine doch ziemlich müden Augen irritierten.

Wir fuhren nach Redondo Beach, einem Stadtteil von LA, der aber wie alle anderen so groß ist, dass er selbst Stadtrecht besitzt, mit Bürgermeister und eigener Polizei.

Direkt vom PCH ging die Motelanlage ab, in der er wohnte. Er hatte mit dem Betreiber der Anlage, einem Inder, den er Shanny nannte, ein Dauerarrangement für ein großes Zimmer nach hinten raus zur Wohnsiedlung, dadurch war tatsächlich von der 8-spurigen Straße nicht viel zu hören.

Ich passte mich schnell an Bens Lebensstil an, genoss es in T-Shirts und kurzen Hosen rumzulaufen, obwohl es Ende November doch ganz schön frisch war, wenn die Sonne nicht schien. Aber sie schien quasi immer. Ich erinnere mich eigentlich nicht an einen einzigen Tag, wo die Sonne nicht morgens ins Fenster bratzte.

Ben daddelte stets morgens sehr früh im Bett an seinem ‚Cell' herum (Cellulare-phone, so nannten die Amis damals in der Vor-Smartphone-Zeit das Mobiltelefon, den Begriff ‚Handy' kennt man im englischsprachigen Raum nicht, das ist eine bescheuerte deutsche Erfindung!). Er koordinierte damit seine Tour zu den Motorradinserenten, die man sich damals noch in ‚Recycler' genannten Anzeigenblättern zusammensuchen musste. Angesichts dessen, dass LA fast so groß ist, wie Rheinland-Pfalz, war das unerlässlich.

So fuhr ich also nahezu ganztägig mit ihm im Auto rum, um bei irgendwelchen Leuten, die häufig ziemlich heruntergekommen waren, mal mehr, mal weniger gute Motorräder anzuschauen und zu kaufen.

Ich hatte ja keine Ahnung davon, aber offensichtlich musste er sich die Dinger immer sehr genau ansehen, denn da es in Amiland keinen Tüv gibt, wollte ihm so manch Einer einen ziemlichen Schrott andrehen.

Wenn ein Motorrad seinen Vorstellungen entsprach, spielten wir immer ‚Good Cop – Bad Cop' mit dem Verkäufer, sprich, er machte die Karre schlecht und bot unterirdische Preise („oh, that's not the one"), hingegen ich ihn vermeintlich eines Besseren belehrte und ‚überzeugte‘, dass das Bike doch gar nicht so schlecht sei und er etwas mehr bieten solle.

Wir waren recht schnell ein eingespieltes Team. Sobald Ben irgendwann die Dollarscheine aus seiner Brusttasche seines Hemdes zog, die die Verkäufer schier vor Ehrfurcht in die Knie gehen ließen, fuhr ich den Truck schon quer zum Straßenrand an den stets extrem tiefen Rinnstein heran, öffnete die riesige Heckklappe und zog zwei Holzbohlen von der Ladefläche. In Nullkommanichts hatten wir das Bike im ‚Bett‘ (so bezeichnen die Amis die Ladefläche ihres Trucks, den gefühlt irgendwie jeder dort fährt), verzurrten es mit ein paar Spanngurten und fuhren weiter zum Nächsten.

Irgendwann erkannte ich, dass er mit der Einladung an mich, ihn zu besuchen, einen nicht unerheblichen Hintergedanken verfolgte. Denn es kam die Zeit, dass die ganzen Bikes, die er über die Monate eingekauft hatte und die irgendwo im Hafen von Long Beach in einer Halle lagerten, in zwei riesige Überseecontainer verladen werden sollten. Zwei Wochen benötigten wir, die Motorräder eines nach dem anderen mit einem Flaschenzug, der an einer quer über die Flügeltüren des Containers übergelegten Bohle befestigt war, hoch zu befördern und im Innenraum zu verzurren. Anschließend sägten wir Bauholzplatten zurecht, mit denen wir über den bereits verfrachteten Motorrädern eine Ebene einzogen und auf dieser die gleiche Anzahl Motorräder nochmal im Container verfrachteten. Am Ende waren es, glaube ich, über 60 Bikes. Nie zuvor hatte ich körperlich so intensiv und hart arbeiten müssen.

Abends belohnten wir uns auf dem Rückweg zum Motel und gingen im ‚Lucky-Store‘, einer damaligen

Supermarktkette, bei der einem seine Klamotten an der Kasse stets in Papiertüten verpackt und zum Auto gebracht wurden, um uns besagten kalifornischen Rotwein zu kaufen.

Mit diesem gingen wir zu Fuß (wir waren immer die Einzigen, kein Amerikaner geht zu Fuß!) vom Motel zum fünf Minuten entfernten Strand, setzten uns auf die Stufen der abends verwaisten Aussichtstürme der Baywatch und tranken aus den in braunen Papiertüten verborgenen Weinflaschen, immer mit einem Blick nach hinten, denn die Cops fahren im Auto auch am Strand umher und würden uns sofort zur Brust nehmen, wenn wir erkennbar Alkohol in der Öffentlichkeit trinken.

So genossen wir häufig unseren ‚Sundowner' aus der Flasche und den tatsächlichen, der langsam hinter dem Horizont im Pazifik untertauchte.

II

Nelly
♀ ♊‼ ☉

Für Ben, wie auch für mich, war es eine ziemlich harte Nummer, so lange Zeit im sonnigen Kalifornien rumzuturnen, ohne die in Deutschland üblichen Methoden, an Frauen ranzukommen. Dort gilt das Prinzip, wer zweimal dieselbe datet, ist automatisch verlobt. Und so wird das von denen auch gelebt! Irgendwo eine geile Frau abzuschleppen und mit ihr einen one-night-stand zu haben, ist geradezu unmöglich, das heißt, zumindest für uns, weil wir irgendwelche speziellen Treffpunkte, abgesehen von ein paar Bars, nicht kannten. Dazu kommt, dass die Amis alle auf strenggläubig machen und jeden Sonntag in die Kirche gehen, die Frauen alle keine Pille schlucken, weil sie ja schließlich mit Anfang 20 heiraten und mindestens vier Kinder kriegen wollen.

Also entspannten, besser langweilten wir uns an den Wochenenden meist. Baden im Pazifik war dann doch 'ne

Nummer zu kalt, aber Radfahren, den kompletten Strand über Hermosa und Manhattan Beach und Venice bis nach Santa Monica hoch war auch ganz nett. Es war der Show-Boulevard schlechthin, auf dem sich alle, die sich für schön hielten, präsentierten. Abgesehen von den Muskelmännern und irgendwelchen Spezies, die der Welt die allerneuesten verrückten Sportgeräte zeigen wollten, liefen da auch 'ne ganze Menge super aussehender Frauen rum. Aber die waren für uns einfach unerreichbar.

Eines Nachmittags saßen wir im Motel-Zimmer und Ben telefonierte ein paarmal mit jemandem. Wenig später klopfte es an unserer Zimmertür.

Eine ziemlich aufgedonnerte, aber ganz wohlgeformte (Halb-)Latino-Frau, Mitte-Ende 20, betrat unser Zimmer, fiel Ben um den Hals und begrüßte auch mich in der üblichen überschwänglichen Ami-Form, als würden wir uns bestens kennen und mindestens gute Freunde sein.

Ben stellte sie mir als Nelly vor und im ersten Moment wusste ich nicht so recht, was ich von ihr halten sollte. Stark geschminkt, große runde Ohrringe, ausgefranste cut-off-Jeans, kurz bis an die Arschbacken, Bluse mit weitem Ausschnitt und deutlich zu erkennendem Spitzen-BH, dazu ziemlich hohe Schuhe. Also in Deutschland würde man diese Frau dem horizontalen Gewerbe zuordnen. In Amiland war das aber, das wusste ich bereits, nicht unbedingt so, da Frauen über diese Sensibilität, vielleicht aufreizend, aber ausdrücklich nicht billig wirken zu wollen, nicht verfügen.

Ich hab' dabei nur so halb verfolgt, was er und sie miteinander quatschten, zumal ich mit ihrem Latino-English nicht so ganz klarkam, aber ziemlich schnell hing sie ihm am Hals und fing an, mit ihm zu knutschen.

Ben setzte sich auf unser großes King-size-Bett, was sie

veranlasste, sich ebenfalls runterzubeugen. Sie küsste und leckte ihm im Gesicht den Hals hinunter und öffnete dabei sein Schlapperhemd. Er ließ sich aufs Bett fallen und ihr Mund glitt jetzt über seine Brust, leckte ihm an den Warzen und ließ die Hände über seinen Oberkörper gleiten und das Hemd zur Seite schieben.

Es dauerte einen Moment, bis ich begriff, dass die gerade dabei war, ihn vernaschen zu wollen und dabei mich offenbar völlig außer Acht ließ. Während sie irgendwo an seinem Bauchnabel und Gürtelansatz der Hose am Lecken war, zerrte sie sich gleichzeitig die Bluse vom Leib.

Dann hatte sie auch schon seinen Gürtel in der Hand, den sie ruckzuck öffnete, den Reißverschluss runterschob, um sein bestes Stück, welches bereits eine beachtliche Größe erreicht hatte, in ihre linke Hand zu nehmen. Ihr bis dahin unaufhörliches halb-spanisches Gequatsche endete abrupt, als sie seinen Schwanz jetzt mit einem Quietscher vor Entzücken auf ihren Lippen ansetzte und anfing, an der Spitze leicht zu lecken und zu saugen, wie ein gerade aus der Verpackung gezogenes Eis am Stiel.

Während sie sich jetzt intensiv seinem Schwanz widmete und Ben es mit einem lauten Seufzer der Zufriedenheit geschehen ließ, versuchte er trotzdem noch mir mit einem schnellen Blick und Wink mit Augen und Kopfnicken zu signalisieren, ich solle einfach mitmachen.

Scheiße, tat mir mein Schwanz weh, musste ich mir in die Hose fassen, um ihn in der Unterhose hochzulegen. Gleichzeitig schmerzten meine prallen Eier von dem Druck, so lange keinen Abgang gehabt zu haben.

Ich zog mir mein Hemd über den Kopf, trat hinter Nelly und begann ihr den Rücken zu küssen und zu lecken. Zusätzlich öffnete ich ihren BH und zog ihn zur Seite weg.

Sie schien das kaum mitzubekommen, denn sie blies Bens Schwanz wie eine Wilde, verschlang ihn in ihrem Hals, würgte und rang nach Luft, schob ihn aber immer wieder tief in ihren Hals hinein. Ben schob sie nun ein wenig von seinem Schwanz fort, denn ich vermute, er hatte Sorge, gleich einen Abgang zu haben, aber auch so lief offenbar genug Sperma, vermischt mit reichlich Speichel aus ihrem Mund, das Gesicht und Hals hinunter auf seinen Schwanz, den er nun zum Selbstschutz in die Hand nahm, damit sie zumindest eine kurze Pause einlegte.

Auch sie schien diese Pause gebrauchen zu können, ließ sich jetzt von ihm die Titten massieren und lecken und schien erstmals zu merken, dass da noch ein zweiter Mann hinter ihr zu Gange war. Sie öffnete den Knopf ihrer Hose und Reißverschluss, woraufhin ich die Hose am Bund griff und versuchte sie ihr über die prallen Arschbacken runterzuziehen. Die Hose war so eng, oder der Arsch so drall, dass sie sich etwas aufrichten und mithelfen musste, dabei rutschte ihr Slip gleich mit hinunter.

Die Hose war gerade bis zu den Knien gerutscht, als ich bereits mein Gesicht und Hände in dem weichen Fleisch ihres herrlich prallen, kaffeebraunen Arsches vergrub, ihn küsste, leckte und sanft hineinbiss, dann aber doch half, die Hose komplett bis auf den Boden zu schieben, dass sie sich mit einem kurzen anheben der Füße davon befreien konnte.

Sie kniete jetzt auf der Bettkante und spreizte die Beine dabei, damit ich meinen Kopf tiefer zwischen ihren Arschbacken versenken konnte. Ich leckte sie am Anus und ließ die Finger meiner Rechten durch ihre Spalte gleiten. Das schien ihr offenbar zu gefallen, denn ich hörte sie stöhnen und sie drückte mit einer ihrer Hände meinen Kopf fester an ihren Arsch heran. Auch ihre Muschi war schon recht glitschig und ihre offenbar glattrasierte Scham herrlich weich und fleischig. Ich ließ meinen Zeigefinger weiter hochgleiten, um ihren Kitzler zu massieren. Dazu musste ich meinen Finger richtig tief in das weiche Fleisch ihres Geschlechts hineingleiten lassen, ehe ich den kleinen Gnubbel mit meiner Fingerspitze antippen und durch wechselndes Tippen und Umkreisen immer härter machte.

Sie stöhnte und rief laufend irgendwelche spanischen Worte oder Kommandos aus, die zumindest ich nicht verstand, aber egal, sie war voll in Fahrt.

Ben übernahm wieder die Regie, griff nach ihren Hüften und zog sie etwas an sich. Sie spreizte die Beine etwas weiter, er positionierte seinen Schwanz vor ihrer Muschi und sie setzte sich vorsichtig auf ihn. Beide grunzten wie wild, als er in sie eindrang. Ihre Hüften weiter haltend bestimmte er nun erst langsam, aber immer schneller werdend den Fickrhythmus, während leichte Quietschgeräusche des Bettes, das Schmatzen ihrer beider Geschlechtsorgane und ihr immer heftiger werdendes Stöhnen den Raum erfüllten.

Derweil nutzte ich den Moment meine Hose und Unterhose auszuziehen, nahm meinen Schwanz in die Hand, aus dem bereits schleimiges Sperma in ziemlichen Mengen rauslief.

Ben musste wohl eine Pause einlegen, hob ihren Körper etwas von sich, sodass ich meinen Arm von hinten um ihre Hüfte schlingen und sie wieder mehr auf ihre Knie auf die Bettkante ziehen konnte. Ich setzte meinen Schwanz von hinten an ihrer Muschi an und drang in sie ein. Gleichzeitig schob ich meine rechte Hand auf Höhe ihres Schambeines und mit der linken griff ich ihr an die Titten, die ich massierte und ihren Oberkörper gleichzeitig etwas mehr in die Vertikale brachte. Ich fickte sie, massierte sie mit meinen Händen und leckte und biss ihr leicht in den Hals, den sie streckte und in meine Richtung drehte. Es schien sie richtig geil zu machen, denn sie fing an, sehr laut zu stöhnen und Lustschreie mit irgendwelchen spanischen Worten auszustoßen. Eine Mischung aus unkontrollierter Geilheit und Anfeuern, sie noch intensiver ranzunehmen.

Ich konnte nicht mehr, war entkräftet, diese dralle Frau in Position und im Fickrhythmus zu halten, dazu drohte ich, die Kontrolle über meine Eier zu verlieren und meinen eigenen Abgang nicht mehr unterdrücken zu können. Ich musste also aufhören, glitt aus ihr raus, ließ sie los und wieder in Richtung Bens Körper gleiten, der sie mir quasi abnahm, seinen Schwanz positionierte und erneut in sie eindrang. Er zog ihren Körper weiter an sich heran, damit er ihre Titten mit dem Mund bearbeiten konnte und sie dabei langsam, fast zärtlich weiterfickte.

Er brachte ihren Puls wieder etwas runter und beide waren bereits wieder am Quatschen im englisch-spanischen Mix, als auch ich wieder etwas mehr bei Kräften war und nun zum finalen Akt übergehen wollte.

Ich weiß genau die Feinheiten der weiblichen Anatomie einzuschätzen und hatte zuvor schon erkannt, dass sie vielleicht mal Sex mit mehr als einem Mann gleichzeitig hatte, aber ihr Anus war definitiv noch jungfräulich. Vielleicht mag sie keinen Analverkehr, ihre Muschi hingegen hatte aber definitiv schon öfter mal mehr gesehen, als nur einen normalen Männerschwanz.

Ich trat wieder hinter sie, hob ihren Arsch etwas an und sah nun Bens Schwanz in ihrer Vagina. Ich nahm meinen zur Hand, ließ meine Innenseite auf Bens entlanggleiten und schob meinen Schwanz nun auf seinem Schwanz glitschend in Richtung ihres Lochs. Dort angekommen schob ich ihn nun weiter, merkte, wie sich die Hautlappen vor der Vagina weiteten und ich nun meinen Schwanz tiefer zusammen mit Bens in ihr versenkte.

Sie schrie kurz auf, wohl eher nicht vor Schmerz als vielmehr vor Überraschung.

Er hatte seine Hände an ihren Hüften und ich legte meine auf seine, sodass wir jetzt gleichzeitig in einen leichten, gleichmäßigen Fickrhythmus übergingen und ihn langsam steigerten.

Immer intensiver und härter wurden unsere Fickbewegungen, wir stöhnten und sie schrie unkontrolliert herum.

Ich merkte, wie sich Bens Hände verkrampften, er den Rhythmus damit unterbrach und nun offenbar ein Druck von seinem Schwanz ausging, den ich wegen unserer beiden aufeinanderliegenden Schwanzinnenseiten spürte und sofort danach, dass seine Ladung in sie hineinspritzte. Ich war froh, dadurch jetzt auch endlich dem immensen Druck auf meinen Eiern nachgeben zu können und ließ meiner Ladung ebenfalls freien Lauf.

Ich glitt aus ihr raus, denn ihre Muschi war eine einzige weiche schmierige Masse, trat einen Schritt zurück und warf mich vor Erschöpfung einfach seitlich auf das große Bett. Ben hob sie wohl kurz an, um sie von seinem Körper runterzukriegen und ließ sie zwischen uns beiden rückseitig auf das Bett gleiten.

Für ein paar Minuten war es still im Raum, hörte man nur schweres Atmen, bis sie wieder irgendwas Spanisches von sich gab.

Ich erhob mich und sah auf ihren nackten Körper, der völlig durchgefickten Muschi, voller Sperma, das aus ihrer noch immer weit geöffneten Vagina herauslief und sich überall verteilte. Ich drehte mich um, ging vor der

Bettkante auf die Knie, fasste ihre Schenkel, drückte sie etwas aufwärts und versenkte meinen Kopf in ihrem schmierigen Honigtopf. Dann lutschte ich zärtlich ihre Lippen und ihr Loch, welches ich mit meinen Daumen etwas zudrückte, das weiche Fleisch küsste und leicht sog.

Sie streichelte meinen Kopf und nach ein paar Minuten drückte ich ihre Beine weiter zusammen, nahm meinen Kopf hoch und stand auf.

Ohne Worte ging ich in die Dusche, deren Rattern der Wasserleitungen durch das halbe Haus dröhnte, als würde ein stürzender Wasserfall auf einen niederprasseln. (das ist in jedem Haus in Amiland so!) Ich wusch nur kurz mein vollgeschmiertes Gesicht, meinen Schwanz und Sack. Dann trat ich wieder raus, während ich mich abtrocknete und auf Nelly zuging. Ich griff nach ihren Händen und zog sie daran aus dem Bett in die Aufrechte.

„Shower?", fragte ich. Sie nickte nur und ging ins Bad.

—

An dem Abend saßen wir wieder am Strand und ich fragte Ben, wieso Nelly mit ihm, bzw. mit uns ficken würde. Er sagte, er hätte ihr noch nie Geld dafür bezahlt.

Auf meinen weiterhin fragenden Blick, sagte er, sie hätte keine Aufenthaltsgenehmigung in den USA und verspricht sich wohl davon, dass er sie irgendwann mit nach Deutschland nehmen würde.

„Und würdest Du sie mitnehmen?"

„Nein", sagte er fast entrüstet, „spinnst Du?"

Ich muss zugeben, mich tagelang danach nicht besonders gut gefühlt zu haben.

Jack Jones

III

Miss Titty
♀ ⚥? ♂? 🚼

Über die Weihnachtstage waren wir bei Bekannten von
Ben eingeladen, die in Torrance, das liegt direkt neben
Redondo Beach wohnten. Zum ersten Mal hatten wir
lange Hosen und ordentliche Hemden an. Tatsächlich war
es im Dezember manchmal wolkig und auch deutlich
kühler als sonst. Sogar einen leichten Schauer gab es ab
und zu. Aber nach Neujahr war die Sonne wieder da, als
sei nichts gewesen. Sie scheint dort ungefähr an 360 Tagen
im Jahr. Und tatsächlich, irgendwann geht einem die
Sonne auf den Keks und zumindest Ben entwickelte so
langsam einen Blues. ‚Another day in boring paradise‘
sagte er manchmal.

Das änderte sich bei ihm erst, als die Container auf dem
Schiff waren und er sein Rückflugticket gebucht hatte.

Ich hatte allerdings keine rechte Lust, schon nach

Deutschland zurückzukehren, müsste mir aber irgendwie einen Job suchen, denn das Geld ging mir so langsam aus. Das Motelzimmer könne ich bestimmt problemlos verlängern und auch den Truck kann ich weiter nutzen, alles kein Problem, sagte mir Ben.

Eines Morgens waren wir mal wieder frühstücken bei Georgie, was wir ab und zu mal machten, wenn wir unsere Labber-Toast-Sandwiches im Zimmer nicht mehr sehen konnten. Dessen ‚Cozy-Café‘ lag, den PCH ein Stück hoch Richtung Hermosa Beach. Ein wirklich echtes Ami-Frühstückslokal, keine von diesen Scheiß-Ketten, die man schon nach kurzer Zeit nicht mehr ertragen kann. Der Laden war allerdings nur für Einheimische überhaupt als Lokal erkennbar, denn es handelte sich um einen etwas heruntergekommenen, ehemals weißen Flachbau, dessen einziger Raum Küche und Sitzgelegenheit in Einem ist. Dazu erfüllt vom Geruch gebratener Eier und Speck, bei gleichzeitiger Eiseskälte aus der Klimaanlage. Er hatte aber auch noch einen ganz netten halb-überdachten Innenhof, wo wir meistens saßen. Auf Georgies Standard-Frage an alle seine Kunden, „howyouwannahaveyoureggsguys“, konnte ich mittlerweile auch schon zackig antworten, denn er erwartete ein schnelles ‚scrambled‘, ‚sunny side up‘ oder ‚double‘.

Als wir draußen am Tisch saßen und auf unser Essen warteten, konnte ich schon durch die Zaunlücken erkennen, dass da ein VW Passat einparkte, was absolut außergewöhnlich war. Kurz darauf kam ein Mann an unseren Tisch, den Ben mir als Hans vorstellte. Ben erzählte mir vorher, dass er ihn aus der deutschen Community kannte. Als wir unsere Eierspeisen und French-Toast nebst süßlichem Kaffee mit Caramelgeschmack und das obligatorische

Leitungswasser, das stets ekelerregend nach Chlor schmeckt, auf dem Tisch hatten, fing Hans auch gleich an, mich ein wenig auszufragen, was ich beruflich bisher so gemacht hatte und was ich mir vorstellen würde hier in Kalifornien machen zu wollen. Von Ben wusste ich, dass der Mann ein Tausendsassa war, der überall seine Finger drin hatte. Insofern blendete ich ein wenig mit meinem Wirtschaftsstudium aber auch mit meiner Tätigkeit hier mit Ben, die ihm deutlich machen sollte, dass ich kein Problem damit habe, mir die Hände dreckig zu machen.

Er deutete an, mich vielleicht in der Filmindustrie unterbringen zu können. Ich müsse da aber von ganz unten anfangen. Er zog eine eigene Visitenkarte aus der Brusttasche seines Hawaii-Hemdes und schrieb auf die blanke Rückseite den Namen ‚Steven‘ und eine Telefonnummer.

„Das ist nicht die Nummer von Steven Spielberg“, sagte er und wir mussten alle lachen, als er mir die Karte über den Tisch schob.

Nachdem wir zuvor Deutsch sprachen unterhielten sich anschließend fast nur noch Ben und Hans auf Englisch über allen möglichen Kram vom Wetter bis Politik. Ich spielte derweil mit der Visitenkarte und sah mich schon am Beginn einer steilen Filmkarriere in Hollywood.

Zwei Wochen später brachte ich Ben mit seinem ganzen Sack und Pack zum Flughafen, und wir verabschiedeten uns lange und er wünschte mir Glück für meine Filmkarriere.

Kurz zuvor hatte ich diesen Steven angerufen, der erst richtig mit mir sprechen wollte, als ich den Namen ‚Hans‘ erwähnte und mich dann auch gleich einlud, zum Ende der Woche bei ihm im Studio (ich glaube, so sagte er) für ein

Interview (Vorstellungsgespräch) vorbeizukommen.

Ich rief ihn einen Tag vorher nochmal an und er bestätigte den Termin, nannte mir die Adresse und ich solle um 11:00 Uhr da sein.

Im Truck lag der Stadtplan von LA (fast so dick wie ein Telefonbuch in Deutschland) und ich bereitete mich ein wenig vor, mir die Wegstrecke einzuprägen, denn damals war man von irgendeiner Art Navigerät noch Lichtjahre entfernt und ich musste, wie früher üblich, mit dem Stadtplan navigieren und gleichzeitig fahren.

Allerdings hatte ich schon ein wenig Fahrpraxis gesammelt, kannte die US-Besonderheiten im Straßenverkehr und hatte ein Gefühl dafür, was man da so machen darf und was nicht. Zusätzlich hatte die Karre, wie alle Autos, Automatik, was die Fahrerei deutlich entspannter machte. So startete ich also rechtzeitig den dicken 8-Zylinder, schaltete den Verkehrsfunk im Radio ein und fuhr den Artesia Boulevard hinauf bis zur Auffahrt zum Freeway four-o-five (Autobahn 405). Das Scheiß-Ding hat sieben (!) Spuren pro Seite und alle sind knüppelvoll, aber der Verkehr fließt zumindest gleichmäßig dahin. Mehrfach musste ich die Autobahn wechseln, um nach Norden zu kommen. (Nie ist bei denen die Rede von Zielorten, sondern immer nur von Norden, Süden, Osten, Westen. Zum Glück hatte mein Wagen einen Kompass am Armaturenbrett!)

Irgendwann wechselte ich nochmal bei einem riesigen Kreuz auf den Santa Monica Freeway (Autobahn 5, neun Spuren pro Seite) und fuhr an der Ausfahrt Hollywood vorbei und noch ein Stück weiter durch die Berge über Burbank hinaus.

Tatsächlich machte ich mir keine Gedanken darüber, dass mein Weg noch so einige Meilen weiter ging, bis ich

San Fernando erreichte, einen Stadtteil, der größer ist als Frankfurt, Offenbach, Hanau und auch noch Darmstadt, Rüsselsheim und Mainz zusammen und ich mich wunderte, dass hier alles wie eine typische Ami-Wohnsiedlung aussah, mit Straßen die so breit waren wie deutsche Autobahnen. Es gab hier fast ausschließlich Einzelhäuser. Von der Bretterbude bis zu schlossähnlichen Riesenhütten mit Parkanlage war alles dabei. Ich hielt kurz am Straßenrand, um mir den Weg zu dem Studio einzuprägen. Die richtige Straße fand ich schnell, dank großer Namensschilder der Straßen an jeder Kreuzung, und die Hausnummer war auch kein Problem zu finden, denn die 4-stelligen Hausnummern stehen groß angeschrieben an jedem Bordstein.

Trotzdem zweifelte ich, als ich vor einem großen, uneinsehbaren Tor stand, welches umgeben war von riesigen Pflanzen, die vermutlich ein dahinterliegendes Parkgrundstück verbargen. Ich klingelte an der Wechselsprechanlage und eine freundliche Frauenstimme hatte offenbar präsent, wer ich war und zu wem ich wollte, woraufhin sich das große Tor öffnete, ich schnell wieder in den Wagen sprang und hineinfuhr. Es eröffnete sich mir ein wahrhaft riesiges Grundstück, das nach bald 50 Metern den Blick auf eine große Villa freigab, die seltsamerweise links und rechts ebenfalls von jeweils kleineren Villen eingerahmt war.

Vor der großen mittleren Villa standen diverse Autos und ich parkte meine Karre daneben. Anschließend betrat ich das Portal, welches, mit riesigen Säulen eingefasst, irgendwie wie ein altes Bankgebäude in Deutschland wirkte, trat an einen Tresen, an dem mich eine junge Frau in fast übertrieben aufreizendem Outfit empfing und mich anschließend in einer Sitzecke platzierte. Ich ließ mich in die tiefen Polster fallen, sie brachte mir noch ein Glas Wasser und ich nahm eines der Magazine zur Hand, die auf dem Couchtisch lagen. An dem Ekel-Chlor-Wasser nippend, schlug ich das Magazin auf, welches ausschließlich aus Bildern von Frauen und auch Männern bestand, mit Kurzbiografien daneben. Die Fotos waren allesamt erotisch bis pornografisch. Ich blätterte das Heft flüchtig durch und legte es zur Seite, weil ich nicht vom Anblick irgendwelcher geilen Ärsche abgelenkt werden wollte.

Natürlich war mir schon vorher klar, dass mit Hans Jobangebot in der Filmindustrie nicht eines der bekannten Studios gemeint war, aber wie in den mega-prüden USA üblich wird von niemanden so direkt darüber gesprochen.

Alle 15 Millionen im Großraum LA wissen das. Wenn die mal umziehen wollen, würden die sich niemals ein Haus in San Fernando ansehen. Sie sagen, die Luft sei da so schlecht, weil sich dort alle Abgase der Stadt an den Rocky Mountains stauen würden, was auch tatsächlich stimmt, nur ist der wahre Grund der, dass alle Leute, die da wohnen, direkt oder indirekt mit der Pornoindustrie zu tun haben und damit will offiziell niemand auch nur irgendwie in Berührung kommen.

Auch Hans und Ben taten so, als sei ein Job in der Pornoindustrie (Hans sprach witzelnd vom EU-Business, wobei EU für Erwachsenenunterhaltung steht) nichts anderes als der bei irgendeinem Tech-Konzern.

Klar, dass ich, wie in Deutschland üblich, pünktlich war, zumal es ja um ein Vorstellungsgespräch ging. Dieser Steven schlug dann irgendwann in einer Art Techniker-Outfit auf, ich denke mindestens dreißig Minuten nach der vereinbarten Zeit. Kein Wort zur Erklärung oder gar Entschuldigung für die Verspätung, stattdessen die übliche übertrieben-freundliche Begrüßung, als seien wir best buddies.

Ich sah darüber hinweg, erinnerte mich aber schon, dass Bens Wunsch, aus diesem ‚boring paradise' wieder nach Hause zu verschwinden, unter anderem davon geleitet war, dass ihm irgendwann die ganze Ami-Scheiße, mit dieser ewigen künstlichen Überfreundlichkeit und dem ‚komm ich heut' nicht, komm ich morgen', dieser latenten Unpünktlichkeit von Jedem, tierisch auf den Sack ging.

Wie in Amiland üblich ist das Vorlegen irgendwelcher Papiere, die zeigen, was man bisher beruflich so gemacht hat und wie gut, überhaupt kein Thema. Man erzählt einfach, was man für ein toller Hecht ist und wenn man den Chef überzeugt, wird man sofort eingestellt. Die Kehrseite ist entsprechend, dass man ebenso schnell (von einer Minute zur nächsten) auch wieder gefeuert werden kann. (und davon wird auch rege Gebrauch gemacht!)

Also, nach dem kurzen Blabla mit Dauergrinsen im Gesicht, wollte Steven mich noch kurz rumführen und mir ein Studio (es gab mehrere davon) zeigen. Dazu verließen wir die Villa durch einen Seitenausgang und gingen in die vermeintliche Villa nebenan. Diese entpuppte sich als reine Kulisse. Wie ich es sah, war nur die Außenfassade irgendwie echt (die Häuser in den USA sind immer nur Holzständer-Buden, auch wenn sie aussehen, als seien sie aus Stein). Innen befand sich ein riesiger Raum, der wirkte wie ein luxuriöses Wohnzimmer, aber trotzdem spartanisch eingerichtet, umrahmt von Metallgerüsten, an denen Scheinwerfer hingen und ein unendlich wirres Kabeldurcheinander, was in Deutschland niemals den üblichen Sicherheitsbestimmungen entsprochen hätte.

Auf der Terrasse war zu erkennen, dass es mehrere Pools auf dem Gelände gab. Etwas entfernt liefen offenbar auch gerade Filmaufnahmen, ich konnte aber nur einen Haufen Techniker erkennen, die mit ihrer Kamera oder Kabel in den Händen um irgendwas herumstanden.

Wir vereinbarten, dass ich morgen anfangen sollte als Kabel-Hiwi im Team eines ,Jack'. Na ja, den Namen musste ich mir ja zumindest nicht merken.

Am kommenden Morgen war ich zur vereinbarten Zeit wieder da, wurde von Jack, dem Aufnahmeleiter, begrüßt, der mich fortan Jacky nannte zur Abgrenzung von seinem eigenen Namen und um mir und allen anderen im Team vielleicht deutlich zu machen, dass ich der kleine Jack sei, der ganz kleine.

Vielleicht hatten die das wirklich so geplant, um neue Mitarbeiter erstmal an dieses Business zu gewöhnen und nicht gleich mit einem Hardcore-Dreh anzufangen. Auf jeden Fall saßen wir in mehreren Lieferwagen und fuhren an den Strand oberhalb von Santa Monica, wo es etwas einsamer ist und nur wenige Leute an einem Vormittag in der Woche ihren Hund ausführten.

Jacks Leute luden mir Kabelrollen und irgendwelches Gerät auf die Schultern, als sei ich ein Packesel in den Anden, und wir trugen das ganze Gelumpe runter an den Strand. Ich konnte nur einen kurzen Blick auf eine Frau und einen Mann werfen, die da bereits in Regiestühlen saßen und von Visagistinnen bearbeitet wurden. Er war gut gebaut und etwas mehr als gesund gebräunt aussehend, aber der Anblick von ihr hat mich fast erschüttert. Irgendwie schien nichts an ihr natürlich: Riesenhafte Titten gepresst in ein viel zu enges Sommerkleid und in ihrem Gesicht haben die Ärzte offenbar alles geliftet, was ging.

Ein Kollege zeigte mir die Gerätschaften und deren Verkabelung und schon kurze Zeit später lief der Dreh, bei dem ich abwechselnd weiße Stellwände gegen seitliche Sonneneinstrahlung oder auch mal ein Mikrofon an einem großen Teleskop-Galgen halten musste und dabei stets freundlich, aber bestimmt, herumkommandiert wurde.

Die beiden Schauspieler sollten wohl lasziv barfuß am Strand entlangschlendern und dabei eine scheinbar verliebte Konversation miteinander führen.

Scheiße, war'n die schlecht!

Nein, in der Theater-AG damals in der Schule waren wir ganz sicher deutlich bessere Schauspieler!

Jack war offenbar auch nicht besonders zufrieden, sodass wir den Mist x-mal drehen mussten. Und jedes Mal ließ er mich dazwischen den Strand harken, damit man nicht sieht, dass unsere beiden Schauspieler schon tausend Mal da lang gelatscht waren.

Aber schon am nächsten Tag ging es ans Eingemachte.

Dreh im Studio.

Es sollte ein Fick in der Küche aufgenommen werden.

Meine Miss Titty von gestern als Heimchen am Herd rührte in einem Topf herum. Sie war aber fast mehr damit beschäftigt, ihre Titten in der Küchenschürze unter Kontrolle zu halten. Nachdem sie ihren Riesenbalkon ein paarmal in die Kamera hineingehalten hatte, gab's den ersten ,cut'. Wie ich feststellte, das Dauerkommando im Studio. Alles, was gedreht wurde, wurde in ganz kurzen Sequenzen aufgenommen, dann unterbrochen, wiederholt oder es folgte die nächste Sequenz.

Parallel nahmen mehrere Kameraleute gleichzeitig aus verschiedenen Blickwinkeln die Szenen auf, davon eine für den späteren Soft-Porno für's Fernsehen und die anderen für den richtigen Porno.

Jeder ,take' beginnt morgens meist mit der Schlussszene, dem Abgang der männlichen Darsteller, damit diese nicht irgendwann abspritzen, wo sie es nicht sollen. So positionierte sich also Miss Titty, die sich zuvor komplett entkleidet hatte, auf Knien zwischen den Küchenschränken, während sie dem männlichen Darsteller, der jetzt dazukam, den Schwanz blies, als gäb's kein Morgen. Fünf Minuten, mit Unterbrechungen, nahmen wir also ihr Geschmatze, Gewürge und Ausspucken von Sperma und Speichel auf, bis er ihr seine Ladung ins Gesicht spritzte, sie sich in die Kamera drehte, während ihr die Suppe das Kinn herunterlief auf die Titten.

Cut.

Unsere Schauspieler hauten ab in die Garderobe, wir positionierten unser Gerät neu, nach Kommando von Jack und seinen direkten Assistenten.

So ein Fick-Dreh ist schon echt speziell. Weil generell kein Ton aufgenommen wird, sondern alles später nachvertont wird, quatschen alle Beteiligten die ganze Zeit herum, unterhalten sich über das Footballspiel von gestern oder wer weiß was sonst. Die männlichen Darsteller stehen die ganze Zeit herum, bis sie wieder an der Reihe sind und haben dabei permanent ihren Schwanz in der Hand und wichsen ihn, um die Erektion aufrechtzuerhalten für die nächste Szene.

Alles, was hier abging, hatte für mich mit Liebe, Lust und Leidenschaft wirklich nichts zu tun.

0,00.

Es dauerte ein paar Wochen, bis ich so weit Distanz dazu geschaffen hatte, wie ein Kripokommissar bei der Begutachtung einer Kinderleiche.

Richtig gewöhnen konnte ich mich allerdings nicht daran. Im Gegenteil, ich sehnte mich danach, wieder zu Hause in Deutschland zu sein, eine richtig scharfe Frau kennenzulernen und mit ihr hemmungslosen Sex zu haben.

Eines Tages verzögerte sich der Drehtag erheblich, sodass es schon dunkel war, als ich endlich nach Hause in mein Motel fahren konnte. An irgendwelche geregelten Arbeitszeiten muss man in diesem Business ohnehin keinen Gedanken verschwenden. Ich fuhr also die eineinhalb Stunden durch die Stadt und war dabei schon beinahe am einschlummern. So passierte es auch, dass ich nicht rechtzeitig erkannte, dass die Polizei auf dem Hawthorne Boulevard, unweit vor meinem Ziel, eine riesige Straßensperre quer über die ganze Straße errichtet hatte. Ich musste mich also in die Schlange einreihen und es war klar, dass sie mich wegen meiner schäbigen Karre rauspickten.

In den USA ist es bei einer Polizeikontrolle überlebenswichtig, sich richtig zu verhalten: Motor aus, Schlüssel sichtbar aufs Armaturenbrett, alle Fenster runterfahren, Hände fest am Lenkrad, keine hektischen Bewegungen. Irgendwie hab' ich in meiner Bräsigkeit wohl irgendwas falsch gemacht, sodass der Cop sofort seine Wumme auf mich richtete und rumbrüllte: „Show me your hands! Show me your hands!"

Scheiße!

Ich nahm die Hände hinter den Kopf, stieg auf sein Kommando hin aus dem Wagen, dessen Tür er zuvor aufgerissen hatte, dann stellten er und ein Kollege mich breitbeinig angelehnt an meinen Wagen und ließen mich dort scheinbar unbeachtet Ewigkeiten stehen, nachdem sie mich zuvor abgetastet und mir mein Portemonnaie und Pass abgenommen hatten. Die übliche Strafe, wenn man gegen deren Regeln verstößt.

Irgendwann lösten sie mich endlich aus der extrem unbequemen Haltung und einer der Cops hielt mir mein

Portemonnaie entgegen. Die Situation war offenbar jetzt deutlich entspannter, weil sie erkannten, dass ich ein Tourist war.

Gleichwohl übergaben Sie meinen Pass einer Dame in einer anderen Uniform, die zur Heimatschutzbehörde gehörte und mir erklärte, dass mein halbjähriges Visum ausgelaufen sei und ich mich damit illegal in den USA aufhalten würde. Sie müsse mich jetzt festnehmen und in die Abschiebehaft, einem Lager irgendwo in der Wüste von Nevada, bringen lassen.

Ich riss mich zusammen und ließ meinen Charme gegenüber Frauen spielen, was bei ihr natürlich nur sehr begrenzt verfing. Zumindest konnte ich sie überreden, dass ich sofort meine Sachen packen und zum Flughafen fahren würde. Dass ich mir den Flug auch leisten könnte, konnte ich ihr mit einem ‚balance-sheet' (einem Papierstreifen mit dem aktuellen Kontostand, den man am Geldautomaten bei jeder Barabhebung erhält) belegen.

Tatsächlich ließ sie sich darauf ein. (Ich vermute heute, dass sie dies nur tat, weil es den Staat erheblich billiger kommt, als Nevada.) So fuhr sie mir also in ihrem Wagen hinterher zum Motel, wo ich den Truck dahinter in einer Wohnstraße parkte. Sie folgte mir ins Zimmer und stand wie ein Wachhund in der Tür, mich beobachtend, wie ich meine Klamotten packte. Danach gingen wir nach vorne ins Büro von Shanny, der mir die Abrechnung machte und die ich in bar bezahlen konnte, da ich glücklicherweise zwei Tage zuvor meinen zweiwöchentlichen ‚paycheque' (in den USA gibt es den Lohn selbst heute noch alle zwei Wochen per Scheck!!) erhalten hatte und auf meinem Konto gutschreiben ließ.

Dann kutschierte sie mich zum Flughafen. Sie stand neben mir, als ich am Schalter ein Ticket für den nächsten

Flug nach Deutschland buchte, das natürlich sauteuer war und auch noch über Paris nach Frankfurt gehen sollte.

Zumindest kann man sich bei der Gesellschaft ordentlich mit Rotwein besaufen.

Die zwei Stunden bis zum Einchecken saß sie neben mir und stand vermutlich so lange am Zugang zum Flieger, bis sie sehen konnte, dass die Tür geschlossen wurde.

Selten war ich so glücklich, wieder im kalten und nassen Deutschland, umarmt von meinem Vater, empfangen zu werden.

Ach ja, eine 24-monatige Einreisesperre in die USA bekam ich natürlich auch noch, aber irgendwie war mir das scheiß-egal.

IV

Marla
♀♑ ♂? ☹

Na klar, wollt' ich auch nicht unbedingt länger bei meinen Eltern wohnen, als nötig, aber dazu musste ich mir erstmal wieder einen neuen Job beschaffen. Als am ersten Samstag nach meiner Rückkehr die dicke Frankfurter auf dem Frühstückstisch lag, war mir auch klar, dass meine Eltern genauso dachten. Heute unvorstellbar, aber damals hatte diese Zeitung samstags immer Doppel-Daumen-Stärke, von denen gefühlte 80% aus Stellenanzeigen bestanden. Und inseriert wurden gerade in dieser Zeitung nicht irgendwelche Hiwi-Jobs, sondern zum größten Teil Top-Positionen, bis hin zur Vorstandsassistenz. Ich selbst sah mich nicht unbedingt in dieser Leistungsklasse, aber meine Mutter meinte, dass ich mich als BWLer jetzt für einen richtigen Job bewerben solle.

Das glich Anfang der 2000er allerdings einem

Lotteriespiel. Man musste eine Bewerbungsmappe mit Passfoto vom Fotografen, dazu einen lückenlosen Lebenslauf, plus ein euphorisch übermotiviertes Anschreiben verfassen und natürlich Kopien aller möglichen Zeugnisse dazu packen. Und das nicht nur einmal, sondern über die nächsten Wochen hinweg bestimmt dreißig Mal. Dann musste der ganze Kram sauber in große Umschläge gesteckt und per Post versendet werden. Manchmal erhielt man nach Tagen einen Brief zurück, eine Eingangsbestätigung und dass man doch bitte Geduld haben möge, wegen der vielen Bewerbungen, die sie zu sichten hätten. In der Regel bekam man zwei Wochen später im großen Umschlag seine Mappe zurück, die man aber wegen etlicher Knicke und Eselsohren nicht nochmal verwenden konnte, sondern gleich in die Tonne treten musste. Von Woche zu Woche sank die Motivation. Zwischenzeitig klopfte ich wieder bei meinem alten Chef von der Agentur an, der mir wieder ein paar Fremdenführer-Touren in der Altstadt vermittelte, damit ich nicht den ganzen Tag blöd rumsaß.

Einzelne Vorstellungsgespräche waren auch nicht so berauschend, konnte ich mich an die blöde Etikette in den Konzernetagen, angefangen von der steifen Kleidung über die noch steifere Konversation nicht gewöhnen, zumal sie jedes Mal auf meiner Neun-Monats-Lücke herumritten, in der ich vermeintlich arbeitslos, tatsächlich aber in Kalifornien war.

Irgendwie hatte ich gar keinen Bock mehr.

Über einen Bekannten meines Vaters erhielt ich die Anschrift eines mittelständischen Betriebes, da würde ein Assistent der Geschäftsführung gesucht.

Der Blick auf die Landkarte verriet, dass der Laden fünfzig Kilometer von zu Hause entfernt, irgendwo im

Chemiedreieck lag. Scheiße, wenn ich da jeden Tag hinfahren soll, krieg ich glaub' ich die Krise, zumal ich ohnehin immer fast einen Herzstillstand erlitt, wenn ich mit dem Wagen meines Vaters mal an die Tankstelle musste, nachdem ich in Kalifornien für die Gallone Sprit (fast 4 Liter) immer knapp unter einem Dollar bezahlt hatte.

Ich wurde zum Vorstellungsgespräch eingeladen und sagte mir, okay, den Job nimmst Du wohl eher nicht, aber als Training ist es vielleicht ganz sinnvoll.

Die Autofahrt dahin war eine echte Katastrophe, ewig rote Ampeln, verstopfte Straßen, Drängler von links und rechts. Ich sehnte mich zurück an die entspannte Fahrerei in Amiland.

Am Werksgelände angekommen platzierte man mich in einem großen Konferenzraum, in dem sicher fünfzig Personen Platz hätten, na ja, vielleicht haben die hier nur den Einen. Fast pünktlich erschien der Chef und begrüßte mich freundlich.

In seinem Windschatten folgte ihm eine Frau, um die dreißig, die angesichts des nur spärlich durch die Fenster beleuchteten Raumes (vielleicht waren die damals schon auf dem Energiespartrip) tatsächlich fast schemenhaft erschien, denn sie war, nein, nicht schwarzhäutig, aber von oben bis unten in schwarz.

Vermutlich volles langes Haar, schwarz gefärbt, streng zu einem Dutt aufgesteckt, mit schwarzen Haarnadeln. Ein schwarzes Businessdress, enganliegend, ja fast ein wenig zu eng, mit einem für Geschäftskleidung eigentlich zu kurzem Rock, der gerade die Oberschenkel bedeckte. Das schwarze Oberteil recht tief ausgeschnitten, um den Hals eine Kette, bestehend aus irgendwelchen schwarzen Kügelchen oder Plättchen, die den Blick in ihren

Ausschnitt behinderten oder zumindest davon ablenkten. Die schwarzen Strümpfe irgendwie gemustert und, wie ich später beim Rausgehen sah, mit einer feinen schwarzen Naht auf der Rückseite. Schwarze, hohe Schuhe mit metallenen, glänzenden Spitzen an den Hacken. Diese Spitzen, wie das weiße, ebenmäßige Gesicht, der dezente rote Lippenstift und die schlanken Hände mit waffenscheinpflichtigen, mörder-roten Fingernägeln waren das Einzige an ihr, was nicht schwarz war.

Ihr Körper war ebenmäßig. Wenn sie nicht so in Schwarz wär', würde ich an Barbie denken. Herrlich große, runde Brüste, flacher Bauch, Hüften, die so wunderbar geschwungen waren, wie… Ich weiß nicht, irgendein Autoenthusiast würde vielleicht analog der Kotflügel seines Oldtimers eine auch auf sie passende Beschreibung finden. Die Oberschenkel drall, aber sehr wohlgeformt, in einer perfekten Symbiose zur Gesamtlänge der Beine.

Zum Glück konnte ich ihren Arsch nicht sehen, dann hätte ich vielleicht langsam Probleme mit meinem Schwanz bekommen.

Das Gesicht strahlte eine Coolness, eine Ausdruckslosigkeit aus, ich würde mir gegenüber fast von einer Verachtung sprechen, die einfach unbeschreiblich war und angesichts meines stets positiven Eindrucks, den ich bei Frauen generell hinterlasse, wirkte diese Frau wie eine regelrechte Salzsäule auf mich.

Ich musste an die schwarze Witwe denken. Das Einzige, was ihr fehlte, wäre die dunkle Sonnenbrille gewesen.

So im Bann von der Erscheinung dieser Frau verstand ich die Eingangsfrage des Chefs nicht richtig, musste mich bei ihm entschuldigen und um Wiederholung bitten, was ihn weise lächeln ließ, als sehe er mit Genugtuung, dass das

Gift an seiner Seite die erwünschte Wirkung erzielt hätte.

Er erzählte mir, dass er einen Assistenten suche, der das ganze Geschreibsel und die „Zahlenfickerei" (so sagte er wörtlich) seiner Controllingabteilung unter die Lupe nehmen und ihm vom Hals halten solle. Oh Scheiße, dachte ich, ich soll den Kontrolleur der Kontrolleure spielen. Und das alles, wo ich von seinem Business nicht den Hauch einer Ahnung hatte.

Das Gespräch wurde aber zunehmend lockerer mit ihm. Sie sprach allerdings nicht ein einziges Wort zu mir, machte sich nur ab und an Notizen. Bestenfalls sprach sie fast leise zu ihm, sodass ich das über den großen Tisch hinweg nicht hören konnte, was er mit einer Kurzantwort und einer bedeutungsvollen Handbewegung beantwortete. Hören konnte ich aber schon, dass sie nicht ganz akzentfrei Deutsch sprach, sondern irgendwas Osteuropäisches in ihrer Stimme klang.

Wir beiden Männer fielen regelrecht in einen Plauderton, woraufhin ich ihm verriet, dass ich die letzten Monate in den USA in der Filmindustrie gearbeitet hätte. Zum Glück ging er da nicht weiter drauf ein, sondern freute sich, dass ich offenbar USA-Erfahrung hatte, denn sein Laden betrieb umfangreich Handel mit den Staaten. Als wir das Gespräch im englischen California-Slang zu Ende führten, hatte ich bei ihm offenbar gewonnen.

Die schwarze Witwe zeigte bis zur Verabschiedung allerdings keinerlei Reaktion.

—

Nur wenige Tage später erhielt ich den bekannten Großumschlag per Post von denen, der aber tatsächlich nicht meine Bewerbungsunterlagen, sondern eine Zusage mit dem Arbeitsvertrag enthielt. Glücklich darüber, endlich mal keine Absage erhalten zu haben, war das Gefühl angesichts des weiten Weges zu dem Laden allerdings getrübt. Mein Vater sagte, ich solle mich jetzt mal zusammenreißen und mir einen alten Diesel kaufen. Dann würde das schon werden.

Der erste Tag begann mit der üblichen Vorstellungsrunde, bei der ich bei den Controlling-Leuten schon merkte, dass sie nicht meine Freunde sein wollten. Ich bezog ein Büro im vierten Stock, wo der Chef sein Büro vis-a-vis rechts von meinem hatte und bei offener Tür ich sah, dass die schwarze Witwe links von mir ihr Büro hatte. Diese wurde mir nun auch, in Begleitung der mich herumführenden Junior-Chefin, offiziell vorgestellt. Ähnlich gekleidet, wie neulich, nur heute etwas mehr in Grau, gab ich ihr die Hand und sie reagierte wieder extrem kühl mit einem „herzlich willkommen".

Da sie sich in der Firma alle amimäßig mit Vornamen anreden und duzen (das typische Missverständnis in deutschen Firmen, dass mit dem ‚you' nicht ‚Du' der 3.Person Singular gemeint ist, sondern das andere ‚you' in der 2. Person Plural, was einem ‚Sie' entspricht) hatte zur Folge, dass ich zumindest mal ihren Namen erfahren konnte. Sie hieß Marla. Etwas seltsam, so hatte ich das aber verstanden und es stellte sich später als richtig heraus.

Auch die Junior-Chefin und sie schienen irgendwie nicht die besten Freundinnen zu sein.

Es stellte sich heraus, dass Marla die linke Hand des Chefs war und ich seine rechte sein sollte. Aha, dachte ich mir, daher rührt also diese Kälte dieser Frau mir gegenüber. Während der Einarbeitungsphase merkte ich, dass sie von meinem Arbeitsbereich quasi keine Ahnung hatte, sie in diesem Bereich also zuvor nicht tätig war und ich mich darüber wunderte, was das denn wirklich so für Aufgaben sein sollten, die sie für unseren Chef ausführte.

Ich muss zugeben, dass diese Frau mich gedanklich in Anspruch nahm. Mehr als mir lieb war. Ich beobachtete sie, war jeden Morgen wissbegierig auf ihr Outfit, ihre Frisur, ihr Make-up, Schmuck und ihr Arsenal an meist geilen, hochhackigen Schuhen. Jeden Tag musste ich mich zwingen, mich voll und ganz meiner Aufgaben zu widmen, die ich allerdings langsam aber sicher wie ein Berater des Königs ausführte, unabhängig von Kollegen und zunehmend allein, nur manchmal von irgendwelchen Leuten hofiert, die mich als Vehikel nutzen wollten, dem Chef irgendwas zu verklickern.

Mit Marla hatte ich also beruflich nahezu keine Berührungspunkte. Immer mehr kam mir der Gedanke, dass ihre Aufgabe eher darin bestand, seine Mätresse zu sein. Aber irgendwie erschien mir das in diesem beruflichen Umfeld abwegig.

Eines Abends hatte ich mit ihm noch einen Termin in seinem Büro. Er hatte natürlich das große Eckbüro, von dem ein, zwei Nebenräume abgingen. Die Tür stand wie meistens offen und ich betrat den Raum. Er war nicht anwesend und wie gewohnt, ließ ich mich in die tiefen Lederpolster in seiner Besprechungsecke fallen, wo ich meine Unterlagen nochmal durchging.

Plötzlich ging die Tür einer der Nebenräume auf und der Chef betrat, kurz überrascht von meiner Anwesenheit, den Raum und schob die Tür hinter sich wieder zu. Er sah zerzaust aus, das weiße Hemd nicht richtig in der Hose, keine Krawatte, als käme er gerade aus dem

Behandlungszimmer eines Arztes. Keine Spur von irgendeinem Peinlich-Berührtsein, dass ich ihn in diesem Zustand zu sehen bekam. Fast vorsichtig knöpfte er sich das Hemd zu und noch vorsichtiger zog er sich das Jackett, welches über seinem Stuhl hing, über, als hätte er eine Verletzung im Schulter- und Rückenbereich.

Er setzte sich zu mir und wir gingen meine Informationen durch. Er stellte ein paar Rückfragen, wirkte aber nicht so bei der Sache wie sonst.

Als er einmal mit dem Finger seiner Hand auf einen Absatz in meinen Unterlagen tippte, tropfte etwas aus dem Ärmel seines Hemdes auf das Papier.

Beide waren wir in dem Moment von einer souveränen Gefasstheit geleitet, als hätte der eine von uns gerade einen Furz gelassen, worüber wir, ohne auch nur mit einer Wimper zu zucken, hinweggingen, als sei nichts geschehen.

Wir waren eh fertig und ich schob meine Zettel zusammen. Zurück in meinem Büro blätterte ich auf die Seite zurück und sah, dass dieser Tropfen ganz klein und perlig gewesen war, als er auf das Papier tropfte aber nun durch die anderen daraufgelegten Papiere platt und vom Papier leicht aufgesogen war.

Es war ein Tropfen Blut.

Ich befand mich in einer unheimlichen, wissbegierigen Anspannung, saß an meinem Schreibtisch, vermeintlich konzentriert arbeitend, tatsächlich auf alle Geräusche achtend, die vom Gang herkommen würden. Es war kurz vor sechs abends sehr leise auf dem Gang.

Aber dann hörte ich sie, die metallenen Spitzen auf dem von einem nur dünnen Filzteppich bedeckten Betonboden, die zackigen Schritte, Frauenschritte, die am Klang der Schuhe und an der kürzeren Schrittlänge erkennbar waren. Ja, da war sie, verließ zielstrebig das Chefbüro hinüber zu ihrem, ohne Seitenblick in meines, aus welchem Licht in den Gang schien. Aber es interessierte sie nicht, ob ich sie vielleicht gesehen hätte, in ihrem nicht ganz korrekt sitzenden Outfit und den erstmalig offenen langen Haaren, die sie während des Gehens zu einem Pferdeschwanz band. Dann war Schlüsselklappern in ihrem Büro, das Ausschalten des Lichts und ihre im Gang verhallenden Schritte in Richtung des Fahrstuhls zu hören.

Ich atmete einmal tief durch.

———

Einige Tage später hatte ich zusammen mit Mike, einem Kollegen aus dem Controlling, einen Termin bei unserem Chef, der übriges Wolfgang hieß. Er war der Einzige in dem Laden, der mit Vornamen und ‚Sie' angesprochen wurde. Das Meeting war ganz positiv und als es in der Mittagszeit endete, fragte ich Mike im Rausgehen, ob er mit mir draußen vor dem Werkstor bei dem Foodtruck, der zweimal wöchentlich dort steht, was essen gehen würde.

Er war einverstanden. So machten wir uns auf den kurzen Weg vor das Tor und bestellten noch schnell irgendein Pulled-pork-Gericht, denn die Pausenzeit neigte sich bereits dem Ende und wir waren die letzten Gäste.

Wir sprachen natürlich die ganze Zeit weiter über unser Thema aus dem Meeting, denn privat hatten wir bis dato keinerlei Bezug zueinander.

Immer, wenn er vom Chef sprach, redete er von ‚Wolf‘.
‚Wolf‘ macht dieses, ‚Wolf‘ meint jenes. Und er sprach den
Namen dazu auch noch leicht amerikanisiert aus (‚Wulf‘),
sodass man, wenn man nicht wüsste, um wen es geht,
denken könnte, er meinte das gleichnamige Tier.

Irgendwann fragte ich ihn direkt, ob diese Kurzform
des Namens des Chefs die übliche sei in der Belegschaft.

„Nein, einige Frauen nennen ihn auch ‚Wolfi‘“,
antwortete er, woraufhin ich schmunzelte, er mich dabei
aber seltsam streng ansah.

Ich wollte es nun aber unbedingt wissen:

„Soll das nun die Kurzform seines Vornamens sein
oder heult der Chef auch manchmal wie ein Wolf?“

„Vielleicht ist ihm manchmal zum Heulen zu Mute?“,
antwortete er fast kalt.

„Eigentlich laufen die Geschäfte doch ganz gut?“, sagte
ich mit leicht fragendem Unterton.

Er blickte immer noch ausdruckslos und streng, dann
fragte er: „Wann heulen Wölfe in der freien Wildbahn?“

Ich grübelte kurz: „Vielleicht, weil der Leitwolf seine
Rotte zusammenhalten will, beim Angriff auf einen
Hirsch“.

„Und wann noch?“

„Mmh, wenn der angegriffene Hirsch ihn mit seinem
Geweih aufspießt, dann heult er vielleicht vor Schmerzen.“

„Vielleicht heult unser Wolf ja auch vor Schmerzen?“

—

Oh Mannomannomann, wo bin ich da bloß hineingeraten? Allein der Job, von allen geachtet, aber von niemandem gemocht, war schon schwer erträglich, zumal ich quasi keine Kollegen hatte, sondern Einzelkämpfer war. Dazu noch einen Chef, der sich von einer Mätresse aushalten ließ, um nicht zu sagen, ihr hörig war, was vermutlich mindestens die halbe Firma wusste.

Und ich musste feststellen, dass diese Frau auch mich unterschwellig beeinflusste und dies durch nichts, als ihre pure Anwesenheit, die häufig nur eine gefühlte Anwesenheit war. Ich strengte mich an, ihr, wann immer es ging, weit aus dem Weg zu gehen.

Aber sie war wie ein Magnet, der Art, wie ein riesenhafter, an einem Kran hängender, der auf dem Schrottplatz krachend auf ein Autodach stürzt, das Auto anhebt und es hinüber hievt in die gewaltige, laut dröhnende Metallpresse, in der das Auto dann auf ein Zehntel seiner Größe zusammengequetscht wird.

Jedes Mal, wenn sie in meiner Nähe war, merkte ich, wie mein Schwanz zu schmerzen anfing und ich gleichzeitig das Gefühl hatte, einen Angeldraht um den Hals gelegt bekommen zu haben, der mir tief in das Fleisch hineinschnitt und mir die Luft zum Atmen nahm.

Und das Schlimme war: Mir gefiel das, ich mochte das, es bestimmte mein tägliches Leben, es wirkte wie die Symptome einer Drogenabhängigkeit, aus der es kein Entrinnen gab.

Es dauerte eine gewisse Zeit, aber irgendwann gelangte ich zu der Überzeugung, dass es für mich nur einen Ausweg gab: Ich musste sie ficken! Ich musste sie ficken, wie ich noch nie eine Frau gefickt hatte!

Nur, wie ich das anstellen sollte, sie dazu zu bewegen, das war mir völlig schleierhaft.

Anfang Oktober wies mich Wolfgang, ich war gerade beim Herausgehen aus seinem Büro, beiläufig an, ich solle Marla assistieren bei der Planung der diesjährigen Weihnachtsfeier. Ich kriegte weiche Knie, druckste herum, ich hätte keine Zeit und von sowas überhaupt keine Ahnung. Er sagte, es sei alles easy. Seine Sekretärin hätte bereits einen großen Raum und 100 Zimmer in einem guten Hotel in Leverkusen gebucht. Unsere Aufgabe sei es lediglich, mit der Küche das Essen abzustimmen und irgendwie für die anschließende Partystimmung zu sorgen.

„Euch beiden jungen Leuten wird schon was einfallen", sagte er hinter mir her, als ich zurück in mein Büro schlich.

Tags drauf stand sie auch schon in meinem Türrahmen und sprach mich auf unsere gemeinsame Aufgabe an. (sich den ganzen Tag lang E-Mails unter Kollegen zu schreiben, deren Büros nebeneinander lagen, war noch nicht so üblich). Ich stammelte rum, wie ein Teenager und sah, wie sie meine Unsicherheit genoss, sie arrogant und streng auf mich blickte, wie meine damalige Lehrerin in der 5. Klasse, die mir nach der ersten Klassenarbeit signalisieren wollte, dass ich es nie und nimmer bis zum Abi schaffen werde.

Tatsächlich machte sie aber nun erstmals ein wenig auf kooperativ, erzählte mir was vom Speiseplan, der mir für ein Nobelhotel recht rustikal erschien, aber Wolfgang wolle das gerne so. Sie sprach ein wenig von ihren Deko-Ideen für den Saal, ja und einen Riesen-Tannenbaum bräuchten wir natürlich auch. Nur für das Programm nach dem Essen hätte sie noch keine rechte Idee.

Ich weiß nicht, wie ich darauf kam, aber ich schlug vor, wir könnten mit den Leuten doch einen Crash-Kurs im Merengue-Tanzen veranstalten. Das hätte ich mal im Urlaub gemacht. Das sei recht einfach, kann man allein oder paarweise tanzen und wenn die Leute entsprechend angeheitert sind, macht es vielleicht viel Spaß, sich im kalten Dezember ein wenig Karibik-Feeling in den Saal zu holen.

„Tanzkurs?", fragte sie etwas ungläubig.

„Na, Du kannst mit den Leuten ja auch Hallen-Halma spielen, aber das wär' glaub' ich nicht halb so spannend."

Ich war über mich selbst überrascht, meine Unsicherheit zumindest kurzzeitig überwunden und ihr so einen lockeren Spruch entgegengeworfen zu haben.

Sie hatte ihn scheinbar nicht verstanden, reagierte aber mit ihrer bekannten Coolness, indem sie mir sagte, ich solle das in die Hand nehmen und organisieren. Und sie möchte, dass ich es ihr bei unserem Ortstermin präsentiere.

Das klang wie eine Anweisung, als sei sie meine Chefin. Danach drehte sie sich um und ging zurück in ihr Büro.

Ich ärgerte mich maßlos über mich selbst. Wie kann das sein? Wie kann jemand wie ich, der bisher jede geile Frau, die ihm begegnet war, flachgelegt und in den siebten Himmel befördert hatte? Wieso bin ich bei dieser Frau so unsicher, ja fast devot, wie ein Hund, der gerade von seinem Herrchen mit der ledernen Leine verdroschen wurde?

———

Einige Wochen später trafen wir uns in Leverkusen. Ich war ganz froh, dass wir nicht gemeinsam fuhren, einmal wegen meiner Karre, die ihr vermutlich nicht standesgemäß wäre, zum anderen weiß ich nicht, was ich die halbe Stunde Autofahrt mit ihr hätte quatschen sollen. Wir hielten uns mehrere Stunden dort auf. Sprachen mit dem Hotelchef, der uns alle möglichen, auch technischen Details des Saales zeigte und dem Küchenchef, der erzählte, dass er mehrere riesenhafte Grills geordert hätte, auf denen er draußen vor dem Küchenbereich die Schweine grillen wollte.

Ich fragte nicht weiter nach.

Die von mir aufgetriebene Merengue-Lehrerin, namens Machita (oder so ähnlich), eine kleine, vielleicht brasilianisch wirkende, quirlige Frau, kam etwas später zu uns in den Saal und inspizierte die räumlichen Möglichkeiten, mit vielleicht mehr als fünfzig Personen einen Tanzkurs zu absolvieren. Sie wirkte sehr professionell, gleichwohl schien Marla nach wie vor nicht überzeugt, sodass ich vorschlug, dass Machita uns beiden mal zeigen solle, wie das dann ablaufen würde. Sie stellte Marla und mich als Paar gegenüber, positionierte meine Hände an ihrer Hüfte, nachdem sie zuvor meine Zögerlichkeit bemerkte, und statt der klassischen Tanzhaltung führte sie Marlas Arme um meinen Hals. Wir standen nun wie ein verliebtes Paar zusammen und versuchten ihren Schrittvorgaben zu folgen, was zum Glück tatsächlich recht einfach war, immer wieder von Machita aufgefordert, dichter zusammenzustehen und den Hüftkontakt nicht zu verlassen. Machita war wohl auch mit unserem Hüftschwung nicht so zufrieden, was an mir aber komplett vorbeiging, denn ich war gefangen von Marlas drallem Körper. Ich spürte ihre großen, runden Titten an meiner Brust, meine rechte Hand, die unter das Oberteil ihres Dresses rutschte und dabei auf die nackte Haut ihres Rückens geriet und das unbeschreibliche Gefühl zum ersten Mal ihrem Gesicht ganz nah zu sein, ihren Atem zu riechen und den Duft ihres Parfums, welcher aus ihrem Ausschnitt nach oben in Richtung unserer Köpfe hinaufstieg.

Aber Marla unterbrach den Tanz mitten in der Musik, löste sich von meinem Körper und signalisierte, sich abwendend, dass es genug der Vorstellung war, ohne sich zu äußern, ob wir das nun machen wollten mit dem Tanzen oder nicht.

Wir ließen uns anschließend von der Hausdame noch ein paar der Zimmer zeigen, wobei Marla auf die qualitative Abstufung der Zimmer für die einfachen Angestellten und denen für Leitungskräfte Wert legte.

Ich war froh, mich irgendwann wieder in meiner alten Schlurre auf dem Heimweg machen zu können.

———

An einem Freitag der ersten Dezemberwoche fand nun die Weihnachtsfeier statt, mit ungefähr hundert der hundertfünfzig Angestellten. In dem Saal war es laut und wuselig, alle waren guter Stimmung, hatten sich chic gekleidet, insbesondere die Damen, und es wurde vorab an den Tischen schon reichlich Alkohol getrunken.

Marla war ganz offenbar im Stress, denn der Küchenchef hatte das Essen nicht rechtzeitig fertig. So zogen denn schon so Einige vom Tisch an die Bar um, um sich dort mit Getränken, die etwas mehr Umdrehungen hatten, zu versorgen. Auch Wolfgang war mittendrin, plauderte, scherzte und trank, offenbar bestens gelaunt, mit vielen Mitarbeitern.

Bestimmt eine Stunde zu spät ging das Licht im Saal

aus und unter Applaus wurden zwei gegrillte Spanferkel auf Rolltischen mit dem üblichen Apfel im Maul und diversen brennenden Wunderkerzen im Kopf in den Saal geschoben.

Die Leute setzten sich und Wolfgang stand neben den Schweinen und begann seine Ansprache, die er erst vom Zettel ablas, dann aber in eine freie Rede überging. Mein Gott, hatte der schon einen sitzen!

Die Leute schienen, angesichts dessen, selbst mindestens angeheitert zu sein, in keinster Weise peinlich berührt von dem Gestochere und Gesalbere, was er von sich gab. Nein, als Wolfgang nun eines der Schweine mit der linken Hand am Kopf packte und ihm mit der rechten ein Ohr herausriss und in die Höhe streckte, lachten und johlten sie, als er nun die ‚Schweinsohren des Jahres', also die größten Versager des vergangenen Jahres auszeichnete, sie aufforderte, nach vorne zu kommen und er vier Männern jeweils ein fettiges, gebratenes Schweinsohr in die Hand drückte.

Es war abartig!

Marla saß eine Tischreihe neben mir an dessen Ende wie ich, und ich blickte kurz zu ihr rüber. Wir gehörten zu den wenigen, die ihren Alkoholkonsum in Grenzen hielten und ich sah ihr Gesicht so steif die Szenerie überblickend, als sei sie die Regisseurin eines Films, der an die 120 Tage von Sodom erinnerte.

Als die Leute am Essen waren, wurde es etwas ruhiger und meine Brasilianerin konnte später tatsächlich die ganze Horde in ihren Bann ziehen und für ihr Programm begeistern und die ganze Atmosphäre in einen Karibik-Strand verwandeln. Für mich war sie die Retterin des Abends.

Jetzt oder nie, sagte ich mir, riss mich zusammen, ging

rüber zu Marla an ihren Tisch und forderte sie mit einer gewissen Galans auf, mit mir zu tanzen.

Sie zögerte für einen Moment, aber vermutlich mein galantes Auftreten hielt sie davon ab, mir einen Korb zu geben. Stattdessen lächelte sie! Ich konnte es kaum glauben, aber ich sah ein feines Lächeln in ihrem Gesicht!

Sie legte ihre rechte Hand in meine linke und ließ sich von mir auf die Tanzfläche führen. Dort nahmen wir die bereits erlernte Tanzhaltung ein und bewegten uns zur Musik.

Dieser Rhythmus, schwingend, wiegend, die Körper aneinander reibend, diese Hitze im Raum, die Lautstärke der Musik, die Wärme unserer Körper, die Vermengung von feuchtem, aber wegen ihres Parfums und meines Eau de Toilette nicht wahrzunehmenden Körperschweißes zu einem einzigen, die Sinne betörenden Duftgemisch, ließen uns langsam aber sicher in einen Trance-artigen Zustand übergehen.

Wir waren außer Atem.

Als die Musik endete und das nächste Lied begann, standen wir, wie alle Paare auf der Tanzfläche und warteten auf den Einsatz des Rhythmus. Sie zog mit ihren, um meinen Hals liegenden Händen, meinen Kopf nah an ihren, sodass ihr Mund an meinem Ohr lag.

„Ich will Dich ficken", sagte sie und ich taumelte fast vor Unglauben, was ich gerade hörte. Sie biss mir leicht in mein Ohrläppchen, löste die Zähne erst nach Sekunden und hielt mir damit quasi meinen Körper in der Aufrechten.

Sie wartete meine Reaktion nicht ab, löste ihre Hände, drehte sich um, verließ die Tanzfläche in Richtung Lobby und drehte sich, vor den Fahrstühlen stehend, einmal kurz in meine Richtung, aber ohne gezielt nach mir zu schauen.

Dann fuhr sie offenbar hoch.

Es war ein Gefühl, das vermutlich dem entspricht, als hätte ich mir soeben eine Spur vom Handspiegel in die Nase eingesogen. Ich war taub, die Ohren rauschten, mein Blick war getrübt und ich bewegte mich scheinbar ohne dass mein Gehirn diese Bewegungen zu steuern schien. Leute sprachen mich an, einer legte seine Hand auf meine Schulter, ich hörte schemenhaft irgendwelche wohl freundlichen Worte, war aber außerstande zu antworten und musste all meinen Verstand einsetzen, um zumindest ein schmales Lächeln zu zeigen und bewegte mich dabei langsam aber unaufhaltsam in Richtung der Fahrstühle.

Als sich die Fahrstuhltür öffnete, trat ich ein und musste dann den letzten Rest meines Verstandes aktivieren, in welche der vielen Etagen sie wohl gefahren sein könnte. Ich erinnerte mich an die Zimmerbesichtigung mit der Hausdame und kam zu dem Schluss, es konnte nur die oberste Etage sein, dort, wo sich die Suiten befanden.

Als ich im 7. Stock hinaustrat, schloss sich hinter mir die Tür von dem Fahrstuhl und es war nichts mehr zu hören, außer noch ganz kurz das Summen des Motors, als er wieder hinabfuhr. Ich blickte in den langen, schummrig beleuchteten Gang, aber es war niemand zu sehen und keinerlei Geräusch zu vernehmen.

In der Ferne zur linken des Ganges meinte ich ein Licht zu erkennen, welches aus einer der Zimmertüreinbuchtungen in den Gang hineinzuscheinen schien. Ich ging in diese Richtung und folgte dem Lichtschimmer, welcher mit zunehmender Nähe heller schien.

Ich stand vor einer nur leicht angelehnten Tür, nahm meine Hand und schob sie vorsichtig etwas auf. Hinter einem kleinen Vorflur war ein großer Raum zu erkennen, mit Ledermöbeln und einem Couchtisch, beleuchtet von einer großen Stehleuchte, die, wie ein paar Lampen an der Wand, ein indirektes warmweißes, fast trübes Licht in den Raum warfen. Ich trat etwas weiter hinein und sah den daneben befindlichen Schlafbereich, offen, ohne Tür zu dem Rest. Auch die Lampen dort waren eingeschaltet und erzeugten eine angenehme, irgendwie leicht getönte, vollkommen indirekte Beleuchtung.

Das große Doppelbett mit einteiliger Matratze bestand aus einem weißen, kunstvoll verschnörkeltem, geschwungenen Metallgestell. Es war weiß bezogen, aber ohne jegliche Bettwäsche oder Kissen.

Das Klacken der schweren Zimmertür, die fast sanft ins Schloss fiel, ließ mich umdrehen und ich sah nun Marla, die offenbar gerade aus dem, neben der Zimmertür liegenden Bad getreten war.

Ich merkte, wie ich zu zittern anfing und mit Gewalt versuchte, dieses Zittern zu unterdrücken, was aber besonders schwer war, bei ihrem Anblick.

Von ihrem Business Dress hatte sie nur die Nylons noch an, die irgendwo an den Oberschenkeln mit ihrer Abschlussnaht endeten, plus ihrer hochhackigen schwarzen, besonders spitzen Schuhe. Ihr Haar war offen und es hing ihr lang und schwarz, hälftig vor und hinter dem Körper hinunter.

Bekleidet war sie einzig mit einem tiefroten, seidenen Bondage-Schal, der ihr über die Brüste und Schultern, zwischen die Beine geschwungen und irgendwie wohl rückseitig zusammengehalten war, vermutlich mit der Rolle von dem Stoff, den sie in der einen Hand hielt. In der anderen hatte sie eine Stange, vielleicht einen halben Meter lang, vielleicht aus Holz oder dickem Leder. Um den einen Oberschenkel war das Tattoo einer Schlange zu erkennen, die sich um das Bein herumwand, vermutlich über den Arsch verlief und dann irgendwie vorne aus dem Stoff, der ihre Scham bedeckte, hervorkam und zwischen Schamansatz und Bauchnabel ihr grässliches Maul mit einem riesigen Giftzahn aufriss.

Ich wusste nicht mehr, was ich denken sollte, wie ich mich verhalten sollte, ich war betäubt. Die ursprüngliche Geilheit, die sich auf der Tanzfläche aufbaute, sich mehr und mehr steigerte, diese Wissbegierde, was sich diese Frau wohl vorstellte, mit ihrer Ansage, mich ficken zu wollen, mündete in einem Gefühl, dass mich diese Schlange gerade gebissen hätte, ich daraufhin fieberte, ich dem Tode nahe war.

„Zieh Dich aus!", sagte sie noch strenger, noch kälter, noch deutlicher, niemals jede Form von Widerspruch zu dulden, als ich es sonst im Büro von ihr je erlebt hatte.

Lethargisch öffnete ich die oberen Knöpfe meines Hemdes und zog es über den Kopf. Sie schaute mich emotionslos an. Auch als ich den Gürtel meiner Hose löste, Knopf und Reißverschluss öffnete, sie zu Boden fiel, ich mir die Schuhe abstreifte und über die Hose hinwegstieg, um mich davon zu befreien, schaute sie weiter in der gleichen Weise, nur, dass ihre Augen jetzt auf meine Füße gerichtet waren, was mich meine Strümpfe ausziehen ließ.

Sie schaute auf meinen Schwanz.

Meine Boxer war das Einzige, was ich noch anhatte.

Nein, es war absolut nicht dieses überlegene Gehabe eines routinierten Lovers, das ich beim Sex gegenüber meinen Partnerinnen stets an den Tag legte, wenn ich ihnen, nachdem ich sie zuvor richtig geil gemacht hatte, meinen Schwanz entblößte, was sie dann wie kleine

Mädchen aufschreien ließ, die ein Weihnachtsgeschenk mit einer vollkommen unerwarteten Überraschung auspackten.

Ich schob die Unterhose herunter, als ließe sich das beim Arzt wirklich nicht vermeiden, wollte fast mit der Hand meine Scham bedecken, griff dann aber doch noch nach meinem Schwanz, zog ihn etwas in die Länge und wichste ihn leicht. Er war prall, aber eine wirkliche Erektion bekam ich nicht hin.

„Leg Dich auf's Bett", kam nun die nächste Anweisung von ihr.

Eigentlich würde ich spätestens jetzt nach meinen Klamotten greifen und fluchtartig das Zimmer verlassen, aber es ging nicht, sie hatte die vollkommene Gewalt über mich. So drehte ich mich in Richtung des Bettes, sah auf dessen blütenweiße Fläche, setzte die Hände und Knie auf und stieg auf die Matratze.

Automatisch legte ich mich der Länge nach hin auf den Bauch, den Kopf legte ich zur Seite und die Arme streckte ich von mir. Ihr Auftreten, ihre Erscheinung, diese Dominanz, die sie ausstrahlte, war so kompromisslos, als sei ich soeben von einem Sondereinsatzkommando mit auf mich gerichteten Maschinengewehren im Schlaf überrascht worden.

Und dann saß sie plötzlich überfallmäßig auf mir, ließ ihre Hände, die sich offenbar zuvor Schal und Stange entledigt hatten, auf meinem Rücken entlanggleiten, streichelnd, leicht massierend, während die Enden ihres langen Haares ebenfalls über meinen Rücken streichten.

Nun küsste sie meinen Rücken, leckte und biss mir sanft mit viel Lippe, aber wenig Zähnen in das Fleisch und arbeitete sich von der Mitte nach oben, bis sie meinen Hals erreichte. Sie leckte, küsste und biss mir am rückwärtigen

Haaransatz, arbeite sich zu der offenen Seite meines Halses, meiner Wange, an mein Ohr, dessen Läppchen sie regelrecht in den Mund sog und sanft hineinbiss.

Ich entspannte zunehmend, denn sie war unfassbar zärtlich und gefühlvoll. Es stellte sich, anders als zuvor erwartet, ein Gefühl ein, als würden wir langsam aber sicher jetzt in einen leidenschaftlichen, irren Fick übergehen.

Nachdem ich bei dieser Prozedur die Augen geschlossen hatte, riss ich sie wieder auf, als ich merkte, dass sie ihren Körper weiter hochschob und auf Höhe meines Brustbereichs zum Sitzen kam. Sie streckte sich vor in Richtung des linken Endes des verschnörkelten Bettgestells und schlug mit einer unfassbaren Geschicklichkeit das Ende des Bondage-Schals um das Geländer und knotete es daran fest. Dann schwang sie den Schal zweimal um meinen linken, auf dem Bett liegenden Arm, zog ihn weiter unter meinem Hals entlang auf die andere Seite, schlang ihn wieder zweimal um den anderen Arm, um ihn dann um die Stange des Bettgestells auf der anderen Bettkante herum und in der Mitte des Bettes erneut durch das Bettgestänge hindurchzuführen.

Unglaublich schnell machte sie das, sodass ich erneut an das SEK denken musste, das ihren Täter blitzschnell dingfest macht, damit er sich nicht bewegen und keine Gegenwehr leisten kann.

Sie ritt etwas auf mir, rutschte wieder etwas tiefer und kam auf meinem Arsch zum Sitzen, als sie nun den Schal straffte und ich merkte, dass ich gefangen war, sie den Schal tatsächlich so geschickt um meine Arme gewickelt hatte, dass ich sie nicht befreien konnte.

Bevor ich mir bewusst war, dass sie mich vollkommen in ihrer Gewalt hatte, schlang sie erneut den Schal einmal um meinen Hals, führte ihn unter meinen rechten Arm, an meiner Körperinnenseite hinunter, ließ ihren Körper von meinem Arsch runtergleiten, spreizte meine Beine etwas und schien jetzt zwischen ihnen zu knien. Ich spürte, wie sie den Schal unter meinem rechten Oberschenkel durchführte und jetzt anzog, sodass er mir komplett vom Hals, die Brust hinunter, über meinen Schwanz und Sack hindurch verlief. Sie packte das Ende und zog es an.

Ich stöhnte auf. Panik wollte sich ausbreiten, als ich merkte, dass sich der Scheiß-Schal um meinen Hals festzog und ich keine Luft mehr bekommen würde, wenn sie noch fester an dem Ding ziehen würde.

Sie hielt das Ende des Schals die ganze Zeit straff, sodass es über meinen Schwanz schnürte und sich in meine Arschspalte hineinschnitt. Dann spürte ich wieder ihren Mund und Hände auf meinem Rücken.

Diesmal war sie aber deutlich weniger zärtlich dabei. Im Gegenteil, sie öffnete den Mund weit und biss mir mit ihren Zähnen ins Fleisch. Dazu ließ sie ihre langen Finger mit Druck über meine Haut gleiten. Jetzt krümmte sie allerdings dabei ihre Fingerkuppen, sodass sich ihre spitzen, harten Fingernägel ins Fleisch schnitten. Erst war das Gefühl nur etwas unangenehm. Harten Sex hatte ich früher schon das eine oder andere Mal gehabt und manchmal ging es dabei auch etwas schmerzhafter zu. Das war jetzt allerdings eine ganz andere Nummer. Die rasiermesserscharfen Fingernägel schnitten mir ins Fleisch und ließen mich jetzt tatsächlich aufschreien. Ich hatte das Gefühl, der ganze Rücken schmerzte, war verletzt, blutete.

An dem Zug, des Schals, den ich zwischen meinen Beinen spürte, merkte ich, dass sie jetzt offenbar hinter mir auf dem Bett stand und diesen verdammten Schal immer fester anzog, wie ein Cowboy, der sein Lasso um den Hals eines jungen Rindes geschwungen hatte und nun durch gnadenloses Ziehen das Tier von den Beinen reißen will, um ihm danach sein Brandeisen auf die Flanke zu setzen.

Ich bekam keine Luft, hatte das Gefühl, mein Kopf lief knallrot an und würde gleich platzen. Dies ließ mich ihrem Willen folgen und mein Hinterteil anheben. Immer, wenn ich dachte, jetzt hört sie endlich auf, zog sie stattdessen immer weiter, bis ich mich richtig auf Knien, Arme, Brust und Gesicht fest auf dem Laken verzurrt, in Doggy-Position befand.

Sollte das nun die Rache für die vielen Doggy-Style-Nummern sein, bei denen ich so manch eine Frau in der Vergangenheit beinhart von hinten genommen hatte?

Wieder spürte ich ihren Mund und ihre Finger mit den Rasiermesser-Fingernägeln. Diesmal auf meinem Arsch. Ihr Mund glitt weit in meine Arschspalte hinein und sie ließ die Finger der einen Hand jetzt über meinen Schwanz und Sack gleiten.

Nein, bitte! Ich wimmerte fast, bat stumm um Gnade, meinen Schwanz und meine Eier zu verschonen!

Dieses Flehen muss wohl irgendwie bei ihr angekommen sein, denn sie kratzte nur leicht über mein Geschlecht, hatte ihre Finger dafür aber mehr an meinem Arsch. Ich spürte, wie einer ihrer Finger in mein Arschloch eindrang, sie Fickbewegungen mit dem Finger machte und kurz danach einen zweiten Finger drin hatte.

Sie zog die Finger wieder raus und ich spürte nun stattdessen etwas Hartes an meinem Nacken. Es glitt mir hart, fordernd die Wirbelsäule entlang nach unten, ging durch meine Arschspalte, an meinem Sack und Schwanz, bis zum Bauchnabel hinauf. Dann glitt es wieder zurück.

Sie hatte diesen ominösen Stock in der Hand, der druckvoll, vielleicht so hart wie ein sehr steifes Stück

Gartenschlauch war, mit einer offenbar abgerundeten Kappe an dessen Ende. Sie führte das Ding weiter auf meinem Rücken und Arsch entlang, bevor sie langsam dazu überging, mich damit leicht zu schlagen. Erst von der Härte eines Klapses, dann zunehmend wirklich schlagend.

Ich fing an zu schreien. Das Scheiß-Ding schmerzte bei jedem Schlag, als würde dabei meine Haut darunter aufplatzen. Aber sie schlug gnadenlos weiter, bis mein Schreien nahezu durchgängig war. Dann ging sie wieder dazu über, mit dem Ding auf meinem Arsch entlangzugleiten und es an mein Arschloch heranzuführen. Ich spürte den Druck und erschrak, als ich spürte, dass sie mir diesen Knüppel in meinen Arsch einführte. Sie fickte mich mit dem Stock, ließ ihn erst langsam, dann immer schneller in meinem Arsch hin und hergleiten.

Ich war fix und fertig, erwartete, dass sie das Ding gleich mit einem finalen Stoß tief in den Körper hineinstieß, um mich zu töten.

Endlose Minuten vergingen.

Dann zog sie es raus, legte es offenbar aus der Hand, streichelte und küsste meinen Arsch, ließ den Bondage-Schal locker, sodass ich mein Gesäß auf die Matratze gleiten lassen konnte. Der Druck der Fesselung an den Armen nahm ab.

Ich lag mit geschlossenen Augen und diffusen starken Schmerzen, gefühlt am ganzen Körper, als sei ich schwerverletzt, dem Tode gerade noch entronnen.

Mit geschlossenen Augen nahm ich wahr, dass sie mich von dem Schal befreite. Als sie, offenbar an meiner rechten Seite, mir unter den linken Arm griff, öffnete ich die Augen und erhob mit letzter Kraft meinen Oberkörper, um ihrer Zugbewegung an meinem Arm zu folgen, die mich auf den Rücken drehen sollte. Als ich dabei sah, dass auf dem

Laken viele Blutflecken waren, stellte sich bei mir ein Schock ein, ähnlich dem bei einem Auffahrunfall, bei dem man von dem Airbag zwar aufgefangen, aber verletzt, sich aufrichtet und versucht, sich aus dem zerstörten Wagen herauszuheben.

Ich konnte es kaum erkennen und noch weniger glauben. Sie lächelte mich an, mehr als ich sie je hab' lächeln sehen. Es war kein überlegenes oder gewinnendes, es war ein zufriedenes Lächeln. So als hätte ich die schwere Prüfung bestanden.

Ich sah sie an. Sie war nackt bis auf die Strümpfe und kniete jetzt zwischen meinen Beinen, die sie sich etwas auseinanderschob. Die Wunden auf dem Rücken brannten stark, das Laken wirkte auf der weichen Matratze aber wie ein Verband und sorgte für eine leichte Beruhigung der Verletzungen. Ich sah ihren megageilen Körper, ihre herrlichen großen Titten, die aber nicht ganz Natur waren, angesichts der erkennbaren OP-Narben an den Brust-Unterseiten. Ihre fleischige, ziemlich geschwollene Muschi, glattrasiert, allerdings visuell beeinträchtigt von dieser beknackten giftigen Schlange drumherum.

Sie wichste meinen Schwanz und fing an, ihn zu lecken. Dann blies sie ihn heftiger, senkte ihren Kopf weiter, sodass sie ihn jetzt tief in ihrem Hals verschlang.

Normalerweise genieße ich einen Blowjob total, zumal, wenn eine Frau ihn so gut beherrscht wie sie. Aber es ging nicht, ich schaffte es erstmals im Leben nicht, dass er sich richtig in Kampfstärke aufrichtete.

„Wolltest Du mich nicht ficken?", fragte sie fast sanft, mit einem gespielten Schmollmund, aus dem ihr etwas Wichse und viel Speichel herauslief und am Kinn heruntertropfte.

Ich sah sie wohl etwas wirr an. Hatte ich ihr jemals

gesagt, dass ich sie ficken wollte?

„Du wolltest mich ficken", sagte ich fast leise und schwächlich, als sei ich eben aus der OP-Narkose aufgewacht.

„Ach ja?", sagte sie mit gespielter Unsicherheit, wer von uns beiden denn nun Recht hätte, „dann muss ich das wohl machen".

Sie hob ihre Beine über meine hinweg, fasste meinen Schwanz und führte ihn sich ein. Sie positionierte ihre Hände auf meiner Brust, diesmal ohne Einsatz der Fingernägel, zwirbelte meine Brustwarzen und fing an, auf meinem Schwanz zu reiten. Ich versuchte meine Arme langzumachen, um sie auf ihren herrlichen drallen Arschbacken zu positionieren, ließ sie aber den Fickrhythmus bestimmen, denn dazu war ich nicht in der Lage. Immer wieder fickte sie erst langsam, dann immer schneller, bis sie außer Atem war, pausierte kurz, um erneut mit den Fickbewegungen fortzufahren.

Mein Schwanz hielt das so leidlich aus, blieb einigermaßen erigiert, aber bis zum Höhepunkt konnte ich, geschweige wir beide, nicht kommen.

Sie erhob sich von meinem Schwanz, stellte sich auf ihre Füße unterhalb meiner Achseln, hielt sich an dem metallenen Bettgestell fest, ging in die Knie und senkte jetzt ihren Arsch so tief, dass sie ihre Muschi genau vor meinem Mund positionierte. Ich nahm meine Hände, zog ihre Schamlippen etwas auseinander und streckte meine Zunge tief in ihr schleimiges, warmes, weiches Etwas hinein, ging höher die Spalte hinauf bis ich ihren Kitzler zu fassen hatte, den ich mit den Lippen und Zähnen bearbeitete, festhielt, einsog und wieder freigab, in einem andauernden Wechsel. Gleichzeitig steckte ich erst meinen Mittel- dann dazu den Ringfinger in ihre Vagina, krümmte die Finger so weit es ging, um auf ihrer Scheideninnenwand den G-Punkt zu erreichen und zu massieren.

Trotz der Schmerzen wachte ich jetzt so langsam auf, aus dieser Betäubung, ging über in meine mir wohlbekannten Techniken eine Frau zum Höhepunkt zu bringen. Ich setzte alle meine Kräfte ein, Finger und Mund in Position zu halten, mit der freien Hand unter ihrem Arsch zu vermeiden, dass sie nach unten wegrutscht und leckte, saugte, schlürfte und fingerte sie, wie ich nie zuvor eine Frau gewichst hatte.

Und tatsächlich, sie stöhnte immer lauter und fing nun an zu schreien vor Geilheit.

Ich machte immer weiter, ließ sie nicht los.

Ich merkte, wie sich ihr Körper verkrampfte, nicht wegen der vielleicht unbequemen Stellung, nein, weil sie kurz vorm Spritzen war.

Ein letztes Mal mobilisierte ich alle meine Kräfte, biss mich fast an ihrem Kitzler fest, presste meine Finger so tief wie es ging in sie hinein und mit einem finalen Schrei spritzte es aus ihr heraus, mir über Gesicht und Finger den Körper hinunter. Sie rutschte an mir herab, kam auf mir zum Liegen und war offenbar vollkommen fertig.

Ich krallte meine Hände vor Freunde in ihre Arschbacken und dachte mir: So geht das Baby! So macht man das! Das ist ein richtig geiler, erfüllender Sex!

—

Am kommenden Montag war wieder alles business as usual. Sie in ihrem strengen Dress und ihrer bekannten kalten, arroganten, abweisenden Art. Unser Alltagsverhältnis hatte sich durch unsere Höllennummer im Hotel nicht um einen Deut verändert.

Ich war auch nicht unglücklich darüber, wollte es auch tatsächlich nicht nochmal erleben, denn was mir heute klar ist, diese Frau hatte mich brutalst vergewaltigt.

Noch Wochen später hatte ich mit den Verletzungen und ziehenden Schmerzen auf meinem Rücken zu tun, die ich ohne jegliche Hilfe von allein heilen lassen musste, denn meine Mutter konnte ich ja kaum bitten, mich zu verarzten.

Außerdem war ich vom Chef tierisch mit Arbeit eingedeckt und sollte unter anderem diverse Unterlagen für eine USA-Reise vorbereiten.

Relativ beiläufig erzählte er mir, dass wir am kommenden Montag fliegen würden.

Wir?

Vielleicht hatte ich es die ganze Zeit nicht richtig mitbekommen, aber ich sollte ihn begleiten und seine Sekretärin drückte mir das Flugticket in die Hand.

Wir flogen Business von Frankfurt nach Atlanta und sollten von dort einen weiteren Inlandsflieger nehmen.

Im Flughafen von Atlanta war er in der Schlange der Immigration vor mir. Als ich ihm nachfolgte und dem Schalterbeamten meinen Pass vorlegte, quatschte er mich irgendwie in seinem Südstaatenslang an und ich verstand eigentlich nur Bahnhof. Langsam schnallte ich aber, dass ich keine Einreiseerlaubnis, wegen einer noch eineinhalb Jahre geltenden Einreisesperre hätte.

Scheiße!

Wolfgang kam zurück an den Schalter und regte sich

auf. Zwei Sicherheitsbeamte kamen hinzu und führten ihn regelrecht weg aus dem Sicherheitsbereich.

Mir blieb nichts anderes übrig, als wieder zurückzugehen in Richtung der internationalen Terminals. Dabei wurde ich mal wieder von einer Sicherheitsbeamtin begleitet. Diese stand neben mir, als ich das Rückflugticket auf den nächstmöglichen Flieger umbuchte und begleitete mich bis zum Abflugschalter, wo sie mit mir eine Stunde im Wartebereich herumsaß und kontrollierte, dass ich in den Flieger auch tatsächlich eingestiegen war.

Unerheblich zu erwähnen, dass die Einreisesperre um weitere zwei Jahre verlängert wurde.

———

Am letzten Tag der Probezeit kam der Assistent des Personalchefs in mein Büro, überreichte mir die Kündigung, ließ sie mich unterschreiben, nahm mir den Hausschlüssel ab und begleitete mich bis zum Parkplatz, nachdem ich meine paar persönlichen Sachen zusammengepackt hatte.

Tatsächlich fühlte ich mich in dem Moment erleichtert, dass es vorbei war und ich winkte dem Wachmann am Tor freundlich zu.

V

Nina
♀♑! ☹

Also, alles zurück auf Anfang und dazu natürlich mit einem gewissen Murren meiner Eltern. Denen konnte ich natürlich die wahren Gründe für das Ende dieses Jobs in dem Pharmaladen bei Leverkusen nicht verraten. Die Bewerbungsarie ging also wieder von vorne los. Und sie dauerte und dauerte. Damals hatten es die Firmen absolut nicht eilig, sich schnell einen jungen, gut ausgebildeten Mann zu angeln, bevor es ein anderer tut. Im Gegenteil.

Ich war nun häufiger in der Altstadt als Fremdenführer tätig, da jetzt im Sommer wieder ordentlich was los war, maßgeblich bestimmt durch die Horden von Chinesen. Aber ich kam, wie früher auch schon, gut klar.

Der Chef hatte schon das eine oder andere Mal anklingen lassen, ob ich nicht mal wieder einen Escort-Auftrag übernehmen könnte. Aber bis dato hatte ich mich bedeckt gehalten. Ich hatte immer noch die Hoffnung, endlich eine tolle Frau kennenzulernen und mit der dann vielleicht auch Kinder zu haben. Zusätzlich hatte ich den Glauben an einen gut dotierten Job, halbwegs in der Nähe meiner Heimat, auch noch nicht aufgegeben.

Irgendwann war ich abends nach Ende meiner Tour im Büro und der Chef kam mit einem Mann in meinem Alter aus seinem Zimmer. Er stellte ihn mir kurz als ‚Marty' vor, allerdings kam der Gedanke an ‚Marty Mc Fly' nicht wirklich auf, bei seinem Anblick: Sommerliche Markenkleidung, Hemd ziemlich weit offen, modische Frisur und gepflegter 3-Tage-Bart, was damals noch recht außergewöhnlich war. Er fragte mich, ob Jack mein echter Name sei, was ich ihm als Amerikanisierung meines deutschen Namens erklärte. Er grübelte wohl, was das denn für ein deutscher Name sein soll. Ich tat ihm aber nicht den Gefallen, ihn ihm zu verraten, zumal seiner wohl ebenfalls nicht der Echte war.

Weitere Wochen später, ich war schon schwer gefrustet, weil es mit meinen Bewerbungen nicht so voranging, sprach mich der Chef erneut an, ob ich nicht einen gut dotierten Auftrag mit diesem Marty zusammen übernehmen könnte. Es ging um die ‚Begleitung' (so drückte er es immer aus) einer gutsituierten und noch viel besser aussehenden Dame in der Nähe von Frankfurt.

Vielleicht war es die Kohle, die lockte, was auch immer, ich sagte zu. Er gab mir Martys Handynummer.

Tags darauf rief ich ihn an. Er war wohl gerade im Fitnessstudio, zu erkennen an den Geräuschen von schwerem, aufeinander krachendem Eisen im Hintergrund. Er rief mich später zurück, als er im Auto saß.

Er erzählte von einem regelmäßigen Auftrag mit einer Frau namens Nina. Er müsse in diese Beziehung sexuell jetzt mal ein wenig Pep reinbringen, denn sie sei ziemlich unersättlich und er hatte ihr einen Dreier vorgeschlagen, was sie wohl bisher noch nicht praktiziert hatte. Die Vorfreude darauf hätte sie aber schon wahnsinnig geil gemacht.

Na gut. Ich sagte zu, mich am kommenden Samstag mit beiden in Frankfurt zu treffen.

An dem Abend zog ich mich chic an, nachdem ich mich zuvor einer intensiven Körperpflege gewidmet hatte. Dann machte ich mich auf und fuhr mit der Bahn nach Frankfurt. Zur vereinbarten Zeit tauchte ich vor dem Theater auf, aus dem ich beide jetzt nach Ende der Vorstellung rausgehen sah, ging auf Marty zu und wir begrüßten uns wie Freunde, die sich gut kannten, aber länger nicht gesehen hatten. Das hatten wir bereits vorher so verabredet, als vertrauensbildende Maßnahme gegenüber der Klientin.

Er stellte mir die Dame an seiner Seite vor: Schlank, atemberaubend aussehend, enges schwarzes, kurzes Abendkleid, sehr teuer aussehende Perlenkette, ebenmäßiges Gesicht, perfekt geschminkt, das blonde Haar hochgesteckt, mit Strähnen, die ihr ins Gesicht fielen.

„Das ist Nina", sagte er.

Ich gab ihr die Hand. Bevor ich ihr meinen Namen sagen konnte, sagte Marty:

„Das ist Jacob, alter Freund von mir."

Scheiße, wieso hat der Chef ihm meinen echten Namen verraten? Ich musste mich zwingen, nicht gequält zu lächeln, angesichts dessen, dass ich gerade für Escort-Aufträge immer streng auf die Verwendung meines Pseudonyms geachtet hatte.

Aber ihr Anblick entschädigte eigentlich für alles. Ich musste mir eingestehen, dass ich in dem Moment tatsächlich meinen Schwanz spürte, angesichts dessen, mit dieser Frau gleich im Bett landen zu wollen. Abgesehen davon, dass sie wohl nur wenige Jahre älter als ich war, dachte ich mir aber auch, Scheiße, wieso konntest Du diese tolle Frau nicht ganz normal kennenlernen?

Marty führte uns nur wenige Fußminuten entfernt in eine Cocktail-Bar im obersten Stock von einem dieser modernen Hochhäuser. Weil Samstagabend, war es entsprechend voll, aber der Kellner, den Marty offenbar kannte, brachte uns an einen schmalen Stehtisch mit Barhockern, unmittelbar am Fenster. Er bemühte sich irgendsoein alkoholisches Blubbergetränk zu bestellen, während mich nur für einen Moment der atemberaubende Ausblick auf die Stadt ablenkte von dem noch viel atemberaubenderen Anblick von Nina. Ich versuchte mich im Smalltalk, nicht ganz einfach, denn es war ziemlich laut in dem Laden.

Der Schampus kam per Flasche an den Tisch, die der Kellner in drei Gläser einfüllte, wir stießen an und plauderten fröhlich daher. Zum Teil ging es wohl um das gerade gesehene Theaterstück, zum Teil erzählte mir Marty irgendwelchen Scheiß aus einer vermeintlichen gemeinsamen Vergangenheit, was einzig dazu diente, Nina zu signalisieren, dass wir echte alte Kumpels seien. Nach dem zweiten Glas von dem Zeug, zeigte der Alkohol insoweit seine Wirkung, als das Marty ihr etwas näherkam, sie berührte, ihr seine Hand an die Hüfte legte und sie manchmal über ihren Oberschenkel gleiten ließ.

Auch ich machte erste Anstalten, ihr näherzukommen, was sie regelrecht erwartungsvoll geschehen ließ. So neckten wir also diese geile Frau von beiden Seiten, er von rechts und ich von links, darauf achtgebend, dass dies möglichst unsichtbar für andere blieb, was uns Männern zwar egal wäre, aber Frauen, insbesondere aus ihrer Schicht, achten peinlichst auf Einhaltung der gesellschaftlichen Etikette.

Verdeckt vom Tisch versuchte ich mit einer Hand unter ihren Rock zu gleiten, was sie auch geschehen ließ, indem sie die Beine etwas spreizte, aber das wirklich wunderschöne, enge, schwarze Kleid hatte was dagegen, dass ich sie weiter an ihren Schenkelinnenseiten nach oben gleiten lassen konnte.

Ihr Gesicht zeigte, wohl nicht nur wegen der Hitze im Lokal und dem Alkohol eine gewisse Röte und öfters blies sie sich eine Haarsträhne aus dem Gesicht.

Marty bezahlte, fasste sie an der Hüfte und führte sie hinaus. Ich trabte hinterher.

Draußen winkte er ein Taxi herbei und wir drei saßen auf der Hinterbank, eng aneinandergeschmiegt und machten weiter mit unseren Streicheleinheiten. Der Taxifahrer klappte diskret den Rückspiegel hoch.

Eine halbe Stunde dauerte die Fahrt, die irgendwo am Rande des Taunus auf einer Anhöhe in einer offenbar gehobenen Wohnsiedlung endete. Marty machte mir Zeichen, woraufhin wir beiden Männer ausstiegen und sie mit dem Taxi um die nächste Ecke herumfuhr. Er nannte mir die Straße und Hausnummer und beschrieb kurz die Zuwegung zum Gebäude und ich sollte in zehn Minuten nachkommen. Dann machte er sich auf den Weg.

Ich ging in die andere Richtung, atmete etwas durch und bereitete mich innerlich ein wenig vor, auf das, was jetzt gleich kommen würde. Nach der vereinbarten Zeit ging ich auf den nobel erscheinenden Appartementkomplex zu, stieg die geschwungenen Treppen der Zuwegung durch eine gepflegte, blühende Anlage hinauf auf die Haustür zu. Diese fand ich, wie von

Marty beschrieben, unverschlossen, weil durch eine Streichholzschachtel am Einrasten gehindert, vor. Ich nahm die Streichholzschachtel auf und ließ die Tür leise ins Schloss gleiten, dann zog ich die Schuhe aus und ging, ohne das Licht im Treppenhaus einzuschalten, auf Socken die drei Etagen hinauf bis ins Obergeschoss.

Ich schlüpfte in die Schuhe zurück und durch die angelehnte Wohnungstür hindurch und schloss sie wiederum leise von innen. Ein ungewöhnlicher Geruch stieg mir sofort in die Nase und ich grübelte kurz, bis mir klar wurde, dass es sich um kalten Pfeifentabaksrauch handelte. Es war ein fast bissiger, edelholziger, auch süßlicher Geruch. Gleichzeitig betrat ich aus einem kurzen dunklen Flur hindurch eine äußerst großzügige Wohnung und stand nun in einem überdimensionalen Wohnzimmer mit offener Decke, Treppe und Balustrade über zwei Etagen. Alles war maritim ausgestattet. Poliertes Messing, Seile, alte nautische Gerätschaften, Ölbilder mit Segelschiffen. Die Wohnung wirkte in diesem Zusammenspiel dieser Ausstattung und des Geruchs wie eine Mischung einer alten Kapitänswohnung und dem Ambiente einer Luxusjacht. Und diese Nina passte für mich irgendwie überhaupt nicht hier rein. Ich ging also davon aus, dass es zu dieser Trockenschwimmerin noch irgendwie einen obskuren Kapitän geben musste.

„Schick hast Du's hier", sagte ich, nur um was zu sagen, als ich Marty und sie an der Bar stehen sah.

„Mein Mann stammt von der Nordsee", sagte Nina, erkennend, dass mir diese Diskrepanz zwischen ihr und diesem Segelschiff an Land aufgefallen sein musste.

Marty füllte drei Whiskygläser aus einer teuer aussehenden Flasche, die definitiv nicht im Supermarkt im Schnapsregal zu kaufen ist. Es schien, als fühlte er sich wie zu Hause.

Wir stießen an und nippten von dem Zeug.

Kein weiteres Wort zu ihrem Mann, wo er jetzt ist oder was auch immer. Egal, angesichts des intensiven Pfeifengeruchs wird er wohl noch existieren und allzu lange weg kann er auch nicht sein.

Nina stellte ihr Glas auf den Tresen und ging ohne ein Wort irgendwo nach hinten in einen der Räume, vielleicht ging sie ins Bad. Marty stupste mich an, lächelte und wies mich in Richtung des Sofas, auf dessen einem großen ledernen Teil wir uns zusammen hinsetzten und weiter an unseren Drinks schlürften. Ich ließ dabei den Blick nach oben kreisen auf die Balustrade und die dahinter erkennbaren, dichten Bücherregale. Angesichts dessen, dass ich zum Ficken hierher beordert wurde, wusste ich nicht so recht, was ich davon halten sollte.

Plötzlich waren Schritte von Stöckelschuhen oben zu hören. Tatsächlich bewegte sich eine Frau aus einem der oberen Zimmer an die Balustrade und stand jetzt da oben angelehnt und blickte auf uns herab.

Ich musste zweimal schauen, aber es war Nina, die auf irgendeinem anderen Weg aus der unteren in die obere Etage gelangt sein musste. Jedenfalls nicht über die Reling hier im Wohnbereich, die mir als der eigentliche Zugang nach oben erschien.

Zweimal schauen deshalb, denn sie hatte ihr mittellanges Haar offen und es fiel ihr beim Blick nach unten vorne herab. Obendrein hatte sie offenbar nichts an, außer ein seidenes, schwarzes Negligé, welches sich leicht wallend bis knapp über die Hüfte erstreckte.

Uns beobachtend fing sie an, sich selbst zu streicheln, hob ihre Brüste aus dem Stoff, zwirbelte die Warzen und ließ ihre Hände langsam ihren Körper hinabgleiten. Sie hob das Hemdchen leicht an und fuhr sich mit den Händen durch ihre nackte Scham. Dann hob sie ein Bein mit ihrem Stöckelschuh am Fuß in die Seile der Balustrade, sodass für uns jetzt deutlich ihre rasierte, fleischige Muschi zu sehen war, die sie sich immer intensiver wichste.

Ich sah, dass Marty sanft lächelte bei dem Anblick, dann sagte er zu mir, leise, fast ohne Lippenbewegungen:

„Dann zeig uns man mal, was Du so draufhast".

Ihn ansehend stockte ich ganz kurz, bis ich schnallte, dass er mich aufforderte, auf diesen Auftakt von Nina jetzt das Spiel zu beginnen.

Im Sitzen knöpfte ich mein Hemd auf und zog es mir über den Kopf, während ich mir die Schuhe abstreifte. Dabei sah ich zu ihr nach oben, wie sie weiter masturbierte und mich offenbar jetzt anschaute, während ich mich auszog. Ich stand auf und öffnete meine Hose, die zu Boden fiel und die ich von meinen Füßen befreite, griff mir in die Unterhose und befreite meinen Schwanz, den das Ganze auch nicht unbeeindruckt ließ.

Scheiße, hatte ich einen Druck! Der Schwanz streckte sich in vollständige Kampfstellung und ich schob nun die Unterhose über meinen Arsch, was sie nach unten rutschen ließ. Langsam ging ich nun die ‚Gangway' nach oben, den Schwanz in der Hand, ihn wichsend, aber gleichzeitig etwas unsicher angesichts der offenen Treppenstufen und der ‚Reling' aus wackeligen Seilen.

Ich ließ mir Zeit, machte an den jeweiligen Wendungen der Treppe kurze Pausen, in denen wir uns ansahen und beide weiter unsere Geschlechtsorgane wichsten, was sie offenbar immer geiler machte.

Oben angekommen, drehte sie sich mir zu, hob die Spagetti-Träger des Negligés von den Schultern, welches daraufhin zu Boden fiel, griff sofort nach meinem

Schwanz und ließ sich von mir unter die Arme greifen, sich an mich heranziehen und an Wange und gestreckter Seite ihres Halses liebkosen.

Sie war so schwanzgeil, dass sie fast unmittelbar auf die Knie glitt und anfing, mit einem, zu einem Rund geöffneten und mit knallroten Lippenstift geschminkten Mund die Eichel in sich hineinzusaugen, drüber zu lecken, sie wieder freizugeben, sie leicht zu beißen und wieder loszulassen. Dazu knetete sie regelrecht meinen Schaft.

Scheiße, war die gut im Blasen!

Ich zwang mich, das geile Gefühl zu unterdrücken, die Augen zu öffnen und ich blickte über die Balustrade hinweg durch eine riesige Fensterfront auf die leuchtend helle, blinkende Skyline von Frankfurt in einer offenbar klaren Nacht.

Die Ablenkung war auch dringend nötig, denn, nachdem sie die Schwanzspitze kurz wieder freigegeben hatte, um nun die Schwanzinnenseite zu lecken und dabei meine Eier in den Mund sog, daran lutschte und mit den Lippen und Zunge daran spielte, musste ich mich beherrschen, nicht gleich zu kollabieren.

Ich musste tief durchatmen, als ob ich bei einer ambulanten OP und nur leichter örtlicher Narkose den Schmerz weghecheln wollte, aber es war erst der Anfang.

Sie krallte ihre Finger in meinen Arsch und schob sich dabei meinen Schwanz tief in ihren Rachen hinein, bewegte ihren Kopf und ich spürte ihre Lippen auf meinem kurzgeschorenen Schamhaar. Es war ein Gefühl, als berührte meine Schwanzspitze gleich ihren Mageneingang.

Sie würgte und keuchte, zog den Kopf schnell zurück und spuckte mir die ganze Suppe aus Speichel und Sperma auf meine Schwanzspitze, die sie sofort weiter wichste.

Verdammt, nie zuvor hatte ich solche Probleme, meinen eigenen Abgang unter Kontrolle zu halten. Nur der stete leichte Fluss von Sperma aus meinem System, welchen sie genussvoll herumspuckte und sich selbst über Kinn und Oberkörper rinnen ließ, schien diesen Druck irgendwie gerade noch steuern zu lassen.

Trotzdem musste sie unbedingt damit aufhören und ich griff ihr unter die Arme, um sie an mir hochzuziehen.

„Mann, bist Du eine geile Sau!", sagte ich ihr sanft ins Ohr, woraufhin sie mich unfassbar geil ansah, fast enttäuscht darüber, dass sie nicht weiter blasen durfte.

Diesen, für sie offenbar überraschenden Moment der Unterbrechung versuchte ich zu nutzen, um irgendwie mal die Kontrolle zu übernehmen. Ich sog ihre Titten in meinen Mund, wechselte von der einen zur anderen Brust, lutschte und biss ihr sanft in die Warzen, saugte, schmatzte, zwirbelte die Warzen mit meinen Fingern und glitt nun an ihrem Vorderkörper hinunter.

Aber sie gab die Kontrolle nicht her.

Als ich auf den Knien war, drückte sie mich leicht von sich, sodass ich fast nach hinten überkippte, schlang ein Bein über meine Schulter, stellte es auf den Boden, griff nach meinem Kopf und presste ihn sich zwischen ihre Beine.

Durch dieses Festhalten meines Kopfes konnte ich meine Finger an ihren Lippen ansetzen und sie auseinanderziehen. Sie waren herrlich warm, fleischig und glitschig. Ich ließ nicht nur meine Zunge, sondern sogar meine Lippen in dieses herrliche weiche Fleisch hineinfahren, lecken, saugen, sanft beißen und glitt dabei nach oben in Richtung ihrer Klitoris. Als ich sie spürte, packte ich sie mit meinen Lippen, ließ meine Zunge auf dem Gnubbel tanzen, ließ sie spielen, ließ sie lecken, so lange, bis ich den Gnubbel kurz verlor, weil sie vor lauter Geilheit laut aufschrie und zuckende Bewegungen machte.

Trotz allem ließ sie meinen Kopf aber nicht los, sondern presste ihn nach dieser kurzen Unterbrechung wieder fester auf ihr Geschlecht, gab mir damit Signal, ich solle weitermachen, solle sie noch intensiver stimulieren.

Meine gebückte Stellung auf dem zum Glück weichen Teppich des ansonsten blanken Holzbodens war nicht unbedingt dazu angetan, hier jetzt eine Frau zum Höhepunkt zu bringen. Aber ich setzte alles daran, es ihr und vielleicht auch Marty zu beweisen, was ich draufhatte.

Erneut bearbeitete ich ihre Klitoris, ließ sie mit meinen Lippen nicht mehr los, bewegte meine Zunge maschinengewehrartig auf ihrem Gnubbel und ließ nun meine rechte Hand, die zuvor beide in ihren prallen Arschbacken verkrallt waren, los, um meinen Mittelfinger von unten zwischen die fleischigen Lippen in ihre, weit geöffnete Vagina hineingleiten zu lassen. Ich versuchte jetzt beides intensiv, aber koordiniert zusammenzubringen, das Malträtieren der Klitoris und das Tippen meiner Fingerspitze in ihrer Vagina irgendwo auf Höhe des erhofften G-Punktes.

Sie schrie.

Sie zuckte unkontrolliert.

Sie patschte und schlug mir auf den Kopf.

Ich hielt ihren Arsch und damit ihren Körper eisenhart in Position.

Und dann gab sie einen lauten Lustschrei, gefolgt von einem längeren Röcheln völliger Erschöpfung von sich, als nun der Saft aus ihren Körperöffnungen spitzte, mir das Gesicht besudelte und an mir herunterlief.

Ich ließ sie los, rollte auf den Rücken und auch sie rutschte zu Boden und wir beide lagen auf dem weichen

Teppich, schwer atmend, wie nach einem 5000-Meter-Lauf im Leichtathletikstadion.

Meine geschlossenen Augen öffnete ich kurz danach wieder, sah zu ihr, die wie eine Schwerverletzte auf dem Boden lag, sah durch die Balustrade hindurch, durch das riesige Fenster und das Geleuchte und Geblinke in der Ferne, drehte den Kopf weiter, damit ich nach unten blicken konnte und sah Marty, nackt auf dem Sofa sitzend, mit erigiertem Schwanz, zu mir hochsehend und mit seinen Händen lautlos Applaus andeutend.

Ich drehte mich zurück und lächelte mir selbst zu.

Nach ein paar Minuten richtete ich mich auf und sah, dass sie sich bereits in sitzender Position befand, rutschte zu ihr rüber, küsste sie sanft auf den Mund und sagte:

„Ich muss mich mal waschen", wobei ich mir mit meinem Mittelfinger, mit dem ich sie zuvor gefingert hatte, von der Stirn über das Gesicht und Lippen bis zum Kinn streifte.

Sie stand auf, ich erhob mich auch, sie ergriff meine Hand und führte mich ohne Worte etwas die Balustrade entlang bis zu einer Tür, hinter der sich ein großzügiges Bad befand. Ihr Öffnen der Tür der Duschkabine signalisierte mir, ich solle mich komplett abduschen, was ich gerne tat, denn ich liebe es zwar, eine Frau zum Höhepunkt zu bringen, aber ihre Säfte habe ich nicht so gerne länger als nötig auf meiner Haut kleben.

Als ich das Wasser abstellte und die Duschkabinentür öffnete, auf der Suche nach einem Handtuch, stellte ich fest, dass sie nicht mehr im Bad war. Ich griff mir ein weißes Handtuch aus einem Regal und trocknete mich ab, wichste meinen Schwanz ein wenig, der sofort reagierte und anzeigte, dass er weiter einsatzbereit war. Dann verließ ich das Bad.

Ich ging auf dem kalten, Bootsplanken-ähnlich ausgelegten Gang zurück zu dem flauschigen Teppich und sah dort nun hinterrücks ein sehr großes offenes Schlafzimmer. Das hatte ich zuvor gar nicht bemerkt. Vielleicht war es vorher nicht beleuchtet, keine Ahnung, nun war es aber in ein sanftes, warmes, irgendwie leicht getöntes Licht getaucht. In der Mitte stand ein riesiges Bett, dessen Rahmen aus einem verspielten Metallgestell bestand. Auch hier der Eindruck, wie unpassend dieses Bett in diesem Ambiente der Wohnung war, wo da doch eher eine schmale hölzerne Koje hingehört hätte.

Nach vorne zum Fenster und zur Balustrade war alles offen, links und rechts helle Wände, aber an der Kopfseite des Zimmers befand sich ein, die ganze Wand ausfüllender, geschlossener Vorhang, als befände sich dahinter ein ebenfalls riesiges Fenster.

Auf dem Bett ohne Bettwäsche, abgesehen vom Laken, war Marty dabei, Nina von hinten langsam und sanft zu ficken. Ich hatte den Eindruck, es geschah fast in Zeitlupe. Weiter auf das Zimmer zugehend stellte ich fest, dass es an den Wänden und von der Decke mit großflächigen Spiegeln bedeckt war. Der erste Eindruck erinnerte an die Tanzfläche in einer Table-Dance-Show. Nur der ominöse, ganzflächige Vorhang auf der Stirnseite passte so gar nicht.

Als die beiden mich sahen, glitt er aus ihr raus, drehte ihren Körper auf den Rücken und sie schob sich selbst an den Bettrand, sodass sie ihren Kopf frei hängend überstreckte und dabei auf meinem Schwanz sah. Marty drang wieder in sie ein, nachdem er ihre Schenkel etwas hochdrückte und fickte sie weiterhin sanft, während ich ihr jetzt den Gefallen tat, an sie herantrat und ihr meinen Schwanz auf den Mund legte. Sie streckte ihre Zunge und den Kopf, um meine Schwanzspitze in den Mund zu bekommen. Für einen Moment genoss ich es, wie sie, wie cin Weidetier, das seinen Kopf unter den Stacheldraht des Zaunes quält, um an das leckere Gras heranzukommen, nach meinem Schwanz schnappte. Dann nahm ich ihn in die Hand, drückte ihn etwas nach unten, zog die Vorhaut straff zurück, sodass sie endlich die pralle Eichel in den Mund nehmen konnte.

Sie wirkte regelrecht glücklich, saugte und biss mir in das pralle Fleisch, schmatzte und würgte manchmal, als sei mein Schwanz die erste Mahlzeit, die sie soeben bekommen hätte, nachdem sie gerade so vorm Tode aus der Wüste errettet wurde. Sie widmete sich meinem Schwanz deutlich intensiver als Martys, der sie wohl deshalb jetzt härter zu ficken begann.

Er überstreckte ihre Beine nach vorn, sodass ich nach ihren Fersen mit den Stöckelschuhen griff, die sie immer noch anhatte und sie in Position hielt. Damit konnte er sie jetzt richtig hart und tief ficken. Tatsächlich tat dies jetzt ihre Wirkung, denn sie ließ meinen Schwanz aus dem Mund gleiten, stöhnte und schrie manchmal auf, wenn es ihm gelang, ihren G-Punkt zu treffen.

Ich verhielt mich bewusst ein wenig passiv, denn ich wusste nicht, was Nina sich tatsächlich darunter vorstellte, erstmalig einen Dreier mit zwei Männern haben zu wollen. Keinesfalls wollte ich irgendetwas machen, was sie nicht wollte. Marty hatte mir zuvor auch keine Details genannt, so ließen wir uns alle drei also einfach von unserer Lust treiben, wobei wir Männer immer nur Impulse der Stimulation setzten, schauten, ob sie sie annahm und wenn ja, wir sie dann intensivierten.

Marty war schweißnass und stöhnte und röchelte vor Anstrengung. Er zog jetzt seinen Schwanz aus ihr raus, vielleicht, um seinen Orgasmus zu strecken, vielleicht auch wegen der, so empfand ich es, besonders warmen und schlechten Luft in dem Raum, die noch stärker von diesem kalten Rauch erfüllt schien.

Ich legte mich rückseitig weit mittig aufs Bett und zog dabei Nina sanft auf meinen Körper. Marty sollte sich einen Moment erholen. Sie lächelte mich geil an, schmiegte sich an mich und begann mit mir mit weit offenem Mund zu knutschen. Wir spielten mit unseren Zungen, leckten und saugten dem jeweils anderen an den Lippen. Dann zog ich ihren Körper weiter aufwärts, ging mit meinem Mund ihren Hals entlang, um nun erneut ihre schönen, runden Titten mit dem Mund zu liebkosen. Sie fing an, diese stärker an meinen Mund zu pressen, sodass ich sie nun etwas härter anging, die Warzen leicht biss und leidenschaftlich saugte und leckte.

Sie rutschte weiter auf die Knie, erhob sich kurz, um sich meinen Schwanz einzuführen, dann senkte sie ihren Körper wieder, damit ich mit ihren Titten weitermachen konnte. Mit meinen Händen ihren prallen Arsch krallend, bestimmte ich nun den Fickrhythmus, den ich langsam aber sicher steigerte, die anfangs kurzen Züge verlängerte, dabei immer tiefer eindrang und ihr Gesäß jetzt immer heftiger an mein Becken rammen ließ. Der Raum war erfüllt von den schmatzenden Geräuschen unserer schmierig-nassen Geschlechtsorgane und unserem immer lauter werdenden Gestöhne.

Ich konnte nicht mehr, brauchte erneut eine Pause. Sie offenbar auch, denn sie legte sich vollständig auf mich, während ich sie langsam, ganz sanft weiterfickte.

Nach einigen Minuten merkte ich, dass Marty sich hinter ihrem Arsch positionierte und sie offenbar an ihren Arschbacken und am Anus leckte. Seine Hände setzte er wohl irgendwie auch dabei ein und ihrem Gesicht nach zu urteilen, drang er wohl mit einem Finger in ihren Anus ein, was sie etwas überrascht scharf Luftholen ließ. Er schien ihr Arschloch immer intensiver mit seinem Finger zu wichsen. Er durchbrach dabei vollständig meinen Fickrhythmus, sodass ich mit meinen Bewegungen in ihr aufhörte. Immer wilder fingerte er ihren Arsch und offenbar machte es sie ziemlich geil. Sie hatte einen irren Blick, wie unter Drogen und der Speichel lief ihr aus dem Mund, das Kinn hinab und spritze auf meine Brust.

Ich hielt meinen Schwanz einfach nur sanft in Position, merkte aber nun, nach einer kurzen Unterbrechung von Martys Finger-Fick, dass er jetzt offenbar seinen Schwanz in ihren Anus einführte. Sie jauchzte kurz auf. Trotz Martys weit mächtigeren Schwanzes statt des Fingers in ihrem Anus, schien sie dabei keine Schmerzen zu haben, es war wohl eher das unbekannte Gefühl, jetzt zwei mächtige Schwengel gleichzeitig in ihrem Körper zu verspüren. Er hatte seine Hände an ihren Hüften und ich berührte mit meinen Händen an ihrem Arsch jetzt bewusst dabei auch seine, um durch diese Berührung seine Fickbewegungen, deren Intervalle, Verstärkungen, Abschwächungen und vielleicht erneute Verstärkung direkt zu verspüren und damit mit ihm einen vollkommen identischen, gleichmäßigen Fickrhythmus sicherzustellen.

Ich weiß nicht, wie lange wir sie rammelten, unsere Bewegungen immer wieder steigerten, zurücknahmen und erneut steigerten. Sie und auch wir stöhnten unkontrolliert herum, manchmal schrie sie auch auf vor Geilheit, aber wir brachten sie nicht erneut zum Spritzen. Vielleicht hatte ich am Anfang mit ihr allein an der Balustrade schon ihr ganzes Pulver verschossen.

Ich merkte, wie Marty seine Hände in ihre Hüften krallte und sich sein ganzer Körper verkrampfte. Er stöhnte laut auf und schien ihr nun seine Ladung in den Arsch zu spritzen. Auch ich gab jetzt endlich dem wahnsinnigen Druck auf meinen Eiern nach und schoss meine Ladung in sie hinein.

Marty zog seinen Schwanz aus ihr heraus und ließ sich rücklings auf das Bett fallen. Kurz danach verspürte ich eine starke Feuchtigkeit im Bereich meiner Lenden und Oberschenkel, weil wohl gerade die ganze Suppe aus ihren Körperöffnungen heraus über meinen Schoß auf das Laken floss. Es war ein Gefühl, als hätte ich mich eingenässt.

Ich packte sie nun am Oberkörper und drehte mich mit ihr leicht seitlich, was meinen Schwanz aus ihr heraus und sie rücklings aufs Bett gleiten ließ.

Wir waren alle vollkommen erschöpft.

Nachdem es kurz zuvor richtig laut im Zimmer war, von dem Gestöhne, unseren Lustschreien, Anfeuerungsrufen, dem Schmatzen ihrer Muschi und Klatschen von Martys Sack auf dem weichen Fleisch ihrer Arschbacken, war es nun wieder still im Raum.

Nach erst schwerem, dann kontrollierterem und immer leiser werdendem Atmen von uns Dreien, war jetzt fast kein Laut mehr zu hören.

Nur ein metallenes Klicken.

Ein- oder zweimal klickte es kurz.

Ich registrierte dies nicht sogleich, ich glaube, ich erinnerte mich erst später an dieses seltsame Geräusch, geschweige, dass ich es einordnen konnte.

Aber es ließ mich meine Augen aufschlagen und mich selbst durch den großen Spiegel an der Decke ins eigene Gesicht schauen.

Und dann roch ich es.

Tabaksqualm!

Ja, ich war mir sicher, dass der permanente Rauchgeruch in der ganzen Wohnung jetzt intensiver und eindeutig kein kalter, sondern frischer Qualm war!

Sehr vorsichtig drehte ich meinen Kopf etwas zur Seite in Richtung dieses großen Vorhangs, der dicht und unbeweglich von der Decke hing und dann dämmerte es mir, dass Ninas Seeräuber dahinter saß und uns die ganze Zeit beobachtete.

Es war ein Scheiß Gefühl. Ich kann gar nicht mehr sagen, was da wirklich in mir vorging. Auf jeden Fall hatte ich das Gefühl, irgendwie sofort von hier verschwinden zu müssen.

Ich musste raus, musste flüchten, musste dieser offenbar permanenten Beobachtung, ja Überwachung entfliehen.

Aber ich zwang mich, dabei unbedingt die Kontrolle zu behalten. So erhob ich mich langsam und verließ ohne jegliches Geräusch das Zimmer. Nina und Marty merkten nichts, die lagen wie tot auf dem Bett. An der Balustrade griff ich nach der Reling und ging vorsichtig, aber zielstrebig nach unten. Ich nahm meine Socken und die Unterhose auf und benutzte diese als Lappen, mir den ganzen Schnodder zwischen den Beinen und an den Oberschenkeln abzuwischen. Danach warf ich sie zu Boden und zog meine Hose ohne Unterhose an und schlüpfte in die Schuhe ohne die Socken. Das Hemd anziehend ging ich in Richtung der Wohnungstür, die ich öffnete und leise hinter mir ins Schloss zog.

Dann ging ich die Treppen hinunter. Erst langsam, dann immer schneller. Nachdem ich die Haustür aufgerissen hatte, fing ich, glaube ich, an zu laufen. Ich rannte hinunter zur Straße und dann ziellos diese entlang, immer irgendwie in eine Richtung, die abwärts von diesem

Berg verlief.

Es dämmerte schon, aber niemand begegnete mir, kein Auto, kein Mensch, der seinen Hund ausführte. Gut, es war Sonntagmorgen. Nach zehn Minuten schnellem Gehen und manchmal Laufen erreichte ich das Ende der Siedlung unten im Tal, wo eine größere Straße verlief, auf der auch das eine oder andere Auto fuhr. Es dauerte nochmal bestimmt fünfzehn Minuten, bis ich ein Taxi anhalten konnte, das mich mitnahm.

Ich hatte Glück, dass der Vorortszug am Frankfurter Hauptbahnhof, der mich nach Hause bringen sollte, offenbar gerade langsam von einem Abstellgleis in den Bahnhof einfuhr, ich einsteigen und mich allein in einem Abteil am Fenster in das Vinylpolster fallen lassen konnte.

Durchgeschwitzt und kurzatmig griff ich nach dem großen Bügel, das Fenster zu öffnen und ich sog die frische, spätsommerliche Morgenluft ein. Es war der Versuch, durch permanentes tiefes Einatmen irgendwie diesen Rauchgeruch aus der Nase zu bekommen. Aber der hatte sich richtig festgesetzt, wollte mir nicht aus der Nase und aus dem Kopf. Im Gegenteil, jetzt erkannte ich dieses ominöse Metallklackern in dem Schlafzimmer. Es war eindeutig das Geräusch eines Benzinfeuerzeugs.

Das Feuerzeug, mit dem sich der Kapitän seine Pfeife anzündete.

Der Zug fuhr an, keine Lautsprecherdurchsage, kein Pfiff eines Schaffners. Er rollte einfach sanft los. Nachdem er die tausend Weichen des Bahnhofs-Vorfeldes ratternd und quietschend durchquert hatte, beschleunigte er immer mehr. Ich stand auf und hielt meinen Kopf etwas aus dem Fenster. Der Wind wurde immer stärker und vor allem kühler. Als wir über die stählernen Mainbrücken ratterten, hatte ich das Gefühl, der Wind wäre eisig.

Dann schloss ich das Fenster und rutschte zurück in den Sitz.

———

In der kommenden Nacht merkte ich es schon. Ich hatte mir ‚auf meiner Flucht' eine Erkältung eingefangen.

Scheiße!

Selten fühlte ich mich so krank, kam ich nicht aus dem Bett, dröhnte permanent der Schädel und lief die Nase so sehr in Strömen.

Aber dank der Tatsache, bei den Eltern zu wohnen, konnte ich mich zumindest von meiner Mutter verwöhnen lassen.

VI

Vroni und Dani
♀ ♀♉? ♋? ♂? ⚥

Ein halbes Jahr später hatte es auch endlich mit einem neuen Job geklappt, der halbwegs in der Nähe meines Heimatortes lag. Wohntechnisch hatte ich mich irgendwie eingerichtet bei meinen Eltern. Vermutlich befanden wir uns noch in der Stillhaltephase. Im April meldete sich Ben mal wieder, der Typ mit dem Motorradladen, und, na klar, nicht ohne Hintergedanken. Nachdem ich im Jahr zuvor ihm half seine Container in Kalifornien zu beladen, und für das spätere Entladen in Deutschland nicht zur Verfügung stand, weil ich eben immer noch in Kalifornien meiner ‚Filmkarriere' nachging, sollte ich nun dieses Jahr rann und ihm helfen, die Scheiß-Dinger wieder aus den Riesenkisten rauszuwumpen.

Zum Glück hatte er aber diesmal Verstärkung dabei, sodass wir alle Motorräder an einem Wochenende mit vier

Mann aus den Containern und in seinen Laden verschaffen konnten. Als wir Sonntagnachmittag endlich fertig waren, saßen wir beide, die anderen waren schon abgehauen, noch vor seinem Laden in der Frühlingssonne, knabberten an den Resten der Liefer-Pizza vom Mittag und tranken abgestandene Cola aus 2-Liter-Flaschen. Natürlich wollte er noch ein paar saftig-schmatzige Details aus meiner kurzen Zeit aus dem Pornofilmstudio wissen, die ich ihm dann auch zum Besten gab. Tatsächlich wusste er offenbar zuvor nicht, was da in San Fernando tatsächlich so abging.

Irgendwie kamen wir darauf, dass er mir erzählte, er ginge jetzt zum ‚swing'.

Das fand ich ja interessant! Ich hatte schon das eine oder andere Mal von Veranstaltungen gehört, wie einer Swing-Werkstatt oder so ähnlich, und ich antizipierte sogleich, über das Tanzen vielleicht mal an eine neue Frau heranzukommen.

Er sah mich relativ entgeistert an. Dann sagte er:

„Swingen, nicht swing, Partnertausch, Rudelbumsen und so weiter, verstehst Du?"

Oh Scheiße. Wir lachten über mein Missverständnis. Glücklicherweise kannten wir uns beide gut genug, um hier jetzt keine Peinlichkeit aufkommen zu lassen.

Aber er nahm den Faden gleich wieder auf und erzählte mir, sie hätten im Club demnächst wieder ihren jährlichen ‚Maskenball'. Dies sei kein wirklicher Ball. Zwar hätten alle eine Maske auf dem Gesicht, aber diese diene nur dazu, neuen Leuten etwas die Unsicherheit zu nehmen. Denn genau darum ging es bei dieser Veranstaltung, Mitglieder sollten gute Bekannte mitbringen, um sie vielleicht als Neumitglieder zu gewinnen.

Ich sagte, ich würde es mir überlegen.

Eine Woche vor diesem Termin rief er mich im Büro

an, um nochmal nachzuhaken, ob ich nun mitkommen wolle. Meine rassige Kollegin Vanessa saß am Schreibtisch mir gegenüber und telefonierte ebenfalls mit irgendjemandem Privatem. Sie schien regelrecht zu flirten und zwirbelte dabei mit dem Kugelschreiber in der anderen Hand in ihrem langen braunen Haar.

„Wann war das noch?"

„Samstag, 21 Uhr".

„Okay", sagte ich, Vanessa beobachtend.

„Ich hol' Dich dann ab um acht, wir müssen ein bisschen fahren."

„Wieso, wohin denn?"

„Ist ein bisschen geheim, wir dürfen damit nicht so hausieren, lass Dich überraschen."

An dem besagten Samstag kreuzte er pünktlich mit seinem Wagen bei meinen Eltern vor der Haustür auf. Ich hatte mich zuvor, wie stets vor anstehenden Treffs mit Frauen, frisch gemacht, gestylt und ordentliche Klamotten angezogen. Als ich mich im Wagen zu ihm setzte, sah er mich an und meinte, na, auf die Klamotten könne ich heute verzichten, da, wo wir jetzt hinfahren, hätten die Leute nicht so viel an.

Wir fuhren über die Autobahn irgendwann auf die linke Rheinseite rüber in eine größere Stadt hinein. Mitten in deren Zentrum. Jetzt am Samstagabend war in der Innenstadt schon Totentanz, alle Geschäfte geschlossen, kaum Leute unterwegs, außerdem regnete es und es war nochmal richtig nasskalt, wie im Winter. Dunkel war es obendrein. Er fuhr und schien sich bestens auszukennen, in die Tiefgarage einer bekannten mittelgroßen, gehobeneren Einkaufspassage.

Nachdem er eingeparkt hatte, sagte er mir, ich solle das Handschuhfach öffnen und die zwei dort bereitgelegten

Masken herausnehmen. Es waren Augenmasken, der Art, wie sie vielleicht auf dem Karneval in Venedig getragen werden, altweißer Seidenstoff, Verzierungen mit Strass und anderem Blink-Blink. Wir setzten uns die Dinger auf und ich musste es etwas zurechtschieben, damit die Augen einigermaßen frei waren. So bekleidet stiegen wir aus dem Wagen. Auch andere liefen so maskiert durch die Tiefgarage in Richtung Fahrstuhl. Auf einer oberen Etage, über der Einkaufspassage, auf der der Fahrstuhl nur hielt, weil Ben zuvor eine Chipkarte an das Drucktastenbord hielt, öffnete sich die Tür. Ein kurzer dunkler Gang tat sich auf, und es war gedämpftes Stimmengewirr und Musik zu hören, offenbar hinter der nächsten Wand.

Wir folgten mehreren Männern rechts durch eine Tür, die Damen offenbar links. Eine Sammelumkleide mit frappierender Ähnlichkeit zu einer Schulsporthalle.

Wir zogen uns aus.

Ganz aus.

Bis auf die Maske.

Anschließend ging Ben voran und öffnete eine hintere Tür dieser Umkleide, und wir standen plötzlich in einer anderen Welt.

Recht laute Musik, Barmusik, Cool Jazz oder sowas.

Bunte, gedämpfte Lichter, manche blinkend.

Eine große Bar war am Ende zu sehen, drumherum viele Leute, alle nackt.

Wir betraten den zerklüfteten Raum, mit lauter Nischen links und rechts, Vorhängen und irgendwelchen Tüchern, die wallend von der Decke hingen, alles ziemlich unüberschaubar, im ersten Moment verwirrend.

Ein sehr weicher, flauschiger Teppich, über den wir nun barfuß gingen, vermittelte ein Gefühl von Sandstrand. Alles wirkte wie in der Südsee, zumal es sehr warm war.

Einzig das Geräusch des Brechens der Wellen an den Strand hätte noch gefehlt.

Ich folgte Ben durch die Enge der Wege, schob mich an viel nackter Haut entlang, was, wenn es überhaupt bemerkt wurde, von einigen Frauen mit einem Lächeln erwidert wurde. (nicht so einfach zu erkennen unter der Maske)

Ben bestellte zwei Cocktails, die wir schon kurz danach in Händen hielten, anstießen und uns nun am Strohhalm saugend etwas genauer umschauten.

Ich erinnerte mich kurz an ein Ereignis aus der frühen Jugend, als mich ein schon etwas älter Cousin kurz durch eine Brille schauen ließ, die er Röntgenbrille nannte, bei der man alle Personen unbekleidet sehen konnte. Damals ein Schockerlebnis. Ungefähr so war es jetzt: Lauter nackte Menschen, nur mit besagter Maske auf dem Gesicht getarnt, manche Frau mit etwas Schmuck, wie langen verbundenen Kettchen, die ihnen über die Brüste bis in den Schoß ragten. Einzelne Männer standen etwas unsicher herum, vielleicht auch Neulinge, kleine Gruppen von Personen, die sich kannten und angeregt unterhielten, einzelne Paare, die näher beieinanderstanden, ihre Körper aneinander rieben, knutschten und sich offenbar schon mal warmmachten. Erstmalig sah ich jetzt auch Körper mit irgendwelchen Tätowierungen, die damals gerade aufkamen. Muskulöse Männer mit Mustern um deren Bizeps herum, als seien sie einem Eingeborenenstamm am Amazonas beigetreten oder Frauen mit Schmetterlingen oder verschnörkelten Blumen an der Wade und natürlich auch das eine oder andere Arschgeweih (das man damals so abwertend noch nicht bezeichnete).

Irgendwie hatte ich das seltsame Gefühl, dass sich in meiner unmittelbaren Nähe besonders viele Frauen aufhielten. Angesichts dessen, dass ich damals zwar nicht mehr so Fitness-gestählt war, wie noch zwei Jahre zuvor, aber trotzdem muskulös und flachbauchig und dazu über einen beachtlichen Schwanz verfügte, dessen Busch säuberlich frisiert und rasiert war, hatte ich selbst den Eindruck, rein körperlich attraktiver auf Frauen zu wirken, als so manch ein anderer Mann, von den hier Anwesenden.

Gleichwohl musste man mir meine Unsicherheit, angesichts dessen, zum ersten Mal hier zu sein, wohl angemerkt haben, denn eine recht wohlgeformte Brünette sprach mich an und fragte mich direkt, ob ich neu hier sei.

Von ihrem langen, wallenden Haar, ebenmäßigen Brüsten, zu einem schlanken Dreieck frisierter Scham, eine, zumindest in diesem Licht, samten wirkender Haut, dazu ein recht bezauberndes Lächeln, war ich gleich eingenommen. Wir plauderten ein wenig, nippten an unseren Drinks und kamen unfassbar schnell ins Flirten, viel schneller, als dies ‚auf der freien Wildbahn' geschieht.

Wir wurden plötzlich unterbrochen, als eine andere Frau, deutlich draller, runder, größere Brüste, ihr um den Hals fiel und sie begrüßte. Beide Frauen küssten sich, wie ein verliebtes Paar, rieben ihre nackten Körper aneinander und streichelten sich.

Die Schlankere unterbrach die Dralle kurz, um ihr mich vorzustellen, wobei wir uns alle drei gegenseitig mit Namen vorstellten, denn das hatten die Schlanke und ich zuvor auch noch nicht gemacht. Sie nannte sich Vroni und stellte ihre dralle Freundin als Dani vor.

Keine Spur von Unsicherheit bei den beiden Frauen. Sie wussten genau, was sie wollten, kamen mir näher, schmiegten sich irgendwann an mich und ich ließ es einfach geschehen, legte ihnen von links und rechts jeweils die Hand an die Hüfte und ließ sie manchmal etwas tiefer herunter an den Arsch gleiten. Es schien ihnen zu gefallen. Vroni hielt ihren Mund an mein Ohr und fragte, ob ich Bock hätte, mit ihnen ein wenig Spaß zu Dritt zu haben. Sie seien beide ein wenig bi, ob mir das was ausmachen würde? Ich brauchte die Frage gar nicht zu beantworten, wir knutschten, leckten und liebkosten uns an den Hälsen und ich spürte erst den einen oder anderen Schenkel an meinem Schwanz und dann auch mal eine Hand.

„Komm, lass uns gehen", sagte Vroni, ging aus dem Gedränge an der Bar voran, gefolgt von Dani und mir. Als ich mich dabei kurz mal wieder in Richtung Ben umdrehte, stellte ich fest, dass er nicht mehr da war.

Wir zwängten uns durch ein Gewirr an Gängen und Nischen entlang, in denen Paare und manchmal ganze Gruppen von Menschen auf irgendwelchen Polstern herumlagen, knutschten, leckten, in allen erdenklichen Stellungen fickten, herumstöhnten oder sich vulgäre Kommandos gaben. Nachdem wir bestimmt an fünf besetzten Nischen vorbei waren, fanden wir eine freie, in die die beiden Frauen einbogen, sich auf die Polster hockten und mich sogleich in ihre Mitte nahmen. Wir schoben uns die lästigen Masken vom Kopf, dann küssten und leckten sie mich vom Gesicht, die Brust bis zum Bauch hinab. Eine wichste meinen Schwanz, während die andere ihre Hand permanent von der Schwanzinnenseite über meinen Sack bis zum Anus gleiten ließ. Ich schloss die Augen, ließ es einfach geschehen und genoss es.

Dann spürte ich das weiche Fleisch von Lippen, einer wild leckenden Zunge und auch sanft zubeißenden Zähnen an meiner Eichel, die sie leicht quetschten, sie wieder freigaben und erneut quetschten. Ich spürte eine Wange an meinem Schwanz, eine ihn zuvor umfassende Hand wechselte in eine andere, was durch die veränderte

Temperatur der Hand zu spüren war, und ein anderer Mund umschlang nun meinen Schwanz, saugte und schob sich meinen Schwanz tiefer in den Mund hinein. Die Enge eines Rachens war zu spüren, die Lippen, die sich an der Außenseite meines Schwanzes entlangarbeiteten, bis sie mein kurzrasiertes Schamhaar erreichten. Ein sich öffnender Mund, eine sich zusammenziehende Luftröhre, ein Herauswürgen und Zurückziehen des langhaarigen Kopfes. Ich öffnete die Augen, drehte die Augen weit nach unten und strich Vroni nun über den Kopf, die nach Atem rang und gleichzeitig meinen Schoß mit Speichel und Sperma bespuckte. Dani übernahm wieder mein Gerät, wichste es kurz und schob ihren drallen Körper auf meinen, sich den Schwanz einführend und sogleich, nachdem er erstmalig voll in sie eindrang, in langen Zügen mich zu ficken begann. Ich griff nach ihren großen, prallen Titten mit fast bierdeckelgroßen Warzen, die ich mit den Fingern kniff und in meinen Mund hineinsaugte.

Scheiße, war die Frau schwer. Aber sie kannte offenbar die Problematik, sich mit ihrem Gewicht nicht zu sehr auf ihren männlichen Partner zu legen, damit dem nicht die Luft wegblieb. Im Gegenteil. Sie richtete sich so weit auf, dass ich ihre Titten weiter saugen konnte, sie aber gleichzeitig mit Vroni hemmungslos und irre feucht knutschen konnte. Beide Frauen achteten nicht einen Deut darauf, dass mir ihr Speichel und die Wichse vom Lecken meines Schwanzes ins Gesicht spritzte.

Irgendwie richtete Vroni sich nun auf, stützte sich hinterrücks irgendwie ab und überstreckte ihren Körper so sehr, dass sie Dani nun ihr Geschlechtsteil vor das Gesicht hielt und sie sofort anfing, ihren Mund in ihrer Muschi zu versenken. All dies konnte ich untenliegend nun beobachten, selbst Dani zu ficken, ihre Titten zu schlecken und zuzusehen, wie unmittelbar über meinem Kopf eine Frau einer anderen hemmungslos mit langgestreckter Zunge wild tippend und immer wieder schmatzend saugend die Vagina und Klitoris stimulierte.

Ich hielt mich immer für einen guten Liebhaber, dem es sehr häufig gelang, eine Frau oral zum Höhepunkt zu bringen. Aber sowas hatte ich noch nie erlebt. Vroni schrie und ließ ihren Saft aus ihrem Körper herausspritzen und besudelte Dani im Gesicht und Oberkörper und auch mir spritze der ganze Saft über Kopf und Hals.

Die ganze Sauerei machte den beiden Frauen überhaupt nichts aus. Dani stieg von mir runter, wischte sich kurz mit einem Stück Stoff aus der Deko über das Gesicht, während Vroni, offenbar überhaupt nicht geschwächt von ihrem heftigen Orgasmus, ihre Beine über mein Gesäß hob und sich meinen Schwanz einführte. Sie legte sich leicht schräg auf mich und fickte mich gleichmäßig, langsam, gefühlvoll. Dani stellte derweil ihre Beine breitbeinig auf Höhe meines Kopfes, packte das Rückenlehnenpolster mit den Händen und ließ ihr Gesäß langsam hinuntergleiten, bis sie das weiche, schleimige Fleisch ihrer Muschi auf meinem Mund platzierte. Ich konzentrierte mich nun voll darauf, sie zu lecken, zu lutschen und zu saugen, mich hocharbeitend vom unteren Rand der Scham bis zur Klitoris. Als ich sie zu fassen hatte, saugte ich den Gnubbel in mich rein, ließ meine Zunge darauf tanzen, musste allerdings immer wieder zusehen, dass ich noch genug Luft über die Nase einatmen konnte, die teilweise in ihrem Schamhaar und dem Fleisch ihres nicht ganz so flachen Bauches eintauchte.

Immer wilder bearbeitete ich ihre Klitoris und führte nun zusätzlich einen Finger in ihre Vagina ein, sodass ich, angespornt von Danis Oralfick bei Vroni, nun alles daransetzte auch Dani zum Spritzen zu bringen.

Es klappte nicht so schnell, aber dank meiner guten Physis und einer gewissen Gnadenlosigkeit im ununterbrochenen Bearbeiten ihres Lustzentrums, merkte ich irgendwann, wie sie lauter wurde, sie stöhnte, sie anfing zu schreien, vom Zucken des Körpers überging in ein Verkrampfen und sie dann offenbar spritzte. Ich bemerkte es nur daran, dass plötzlich alles nass war in meinem Gesicht, ich kurz so ein Gefühl hatte, das einem Ertrinken ähnlich war und ich daraufhin instinktiv meine Hände unter ihren Arsch stemmte, um ihren Körper etwas von meinem Gesicht wegzuheben. Sie ließ sich seitlich auf das Polster gleiten. Ich öffnete meine schmierig verklebten Augen und sah nun, dass Vroni, die mich zuvor schon intensiver fickte, jetzt ihre Finger in meine Brust krallte und ihr Becken in einem schnellen Rhythmus auf meine Hüften schlagen ließ. Sie setzte alles daran, mit mir zusammen zu spritzen. Eigentlich war ich mit meinen Kräften am Ende, hätte unbedingt eine kurze Pause gebraucht, aber ich wollte mir diese Gelegenheit nicht entgehen lassen. Mit meinen Händen in ihrem Arsch verkrallt, mobilisierte ich alle meine Kraftreserven und fickte nun mit ihr zusammen in einem irren, harten Rhythmus, merkte, wie sich unsere Körper immer mehr verkrampften, wir stöhnten, wir uns anschrien, aufpeitschten und als sie nun anfing, mit flachen Händen mir auf die Brust zu patschen, wir endlich losließen.

Ich spürte meinen Saft, wie er sich seinen Weg bahnte, von meinen Eiern durch mein Rohr und meine pralle Eichel hindurch, irgendwie tief in ihren Körper hinein. Und ich spürte die Nässe unserer Säfte auf meinem Schoß, den heißen, vom Schweiß glitschigen Frauenkörper auf mir, den ich außerstande war, von mir wegzuschieben, nur meinen Kopf zu Seite drehend, um irgendwie an Sauerstoff heranzukommen.

Selten war ich körperlich so erledigt, was sicher damit zusammenhing, dass wir zu dritt waren, in einem wirklich intensiven, zeitlich recht kurzen, aber leidenschaftlichen Fick, bei dem alle Beteiligten ihrem unbändigen Drang nach sexueller Lusterfüllung hemmungslos freien Lauf ließen.

Ich erinnere mich gar nicht mehr richtig daran, was danach geschah. Irgendwie war ich schläfrig, wie nach Einnahme einer Beruhigungstablette kurz vor Einleitung der Narkose vor der OP im Krankenhaus.

Ich erinnere nur, irgendwann durch den Regen gegangen zu sein, auf dem Weg zum Bahnhof, dort herumgesessen zu haben, bis endlich nachts doch noch ein Zug fuhr, in den ich einstieg und im Sitz irgendwie eingeschlafen war.

Ich erinnere mich, wie mir jemand auf die Schulter patschte, ich die Augen aufschlug, einen Schaffner erkannte, der mich irgendwie ansprach, ich ihn aber bis vielleicht auf das Wort ‚Endstation' nicht verstand, obwohl er sicher klar und deutlich redete.

Ich erinnere einen kurzen Blick aus dem Zugfenster auf einen beleuchteten Bahnhof und sah das große weiße Schild, auf dem in schwarzen Lettern der Name meiner Heimatstadt geschrieben stand.

Ich lächelte wohl kurz, wand mich aus dem Sitz und torkelte nach draußen.

VII

Valerie
♀☿!!!

Die Firma, bei der ich kurz zuvor angefangen hatte, war eine deutsche Niederlassung einer französischen Firma. Bereits im Vorstellungsgespräch quälte ich mich damit ab, mit dem französischen Chef, der natürlich kein Wort Deutsch und nur ein grausames Englisch sprach, mit meinem Schulfranzösisch klarzukommen. Ich hatte zuletzt zwei Jahre zuvor mit Vivian, dieser extravaganten Französin, mit der ich eine Zeit lang über die Escort-Agentur eine Beziehung hatte, Französisch gesprochen, wobei damals auch schon der alte Spruch galt, ‚ich bin ja gut in Französisch, nur mit der Sprache haperts'.

Aber, wie bei allen Franzosen, konnte ich auch bei meinem Chef alleinig damit glänzen, mit ihm überhaupt Französisch zu parlieren und bekam den Job. Er erzählte mir auch, dass ein Teil der Einarbeitung in der Zentrale in

Paris stattfinden würde. So sollte ich also den Frühsommer in Paris verbringen. Auch nicht schlecht.

Die Firma hatte ihren Sitz im südlichen La Seine (75. Arrondissement, noch Innenstadtbereich). Ich wohnte in einem Hotel in der Rue de Vaugirard, einer vielbefahrenen Einbahnstraße, in der 24 Stunden lang, damals noch dauerhupende Autos in Richtung Zentrum fuhren, für die Ampeln nur als Empfehlung galten und nicht als Vorschrift. (Das hat sich heute ziemlich geändert). Die Straße war eng bebaut mit alten Wohnblöcken aus der Jahrhundertwende (des vorvorigen Jahrhunderts!). Entsprechend war auch das Hotel ein alter Kasten mit verschnörkelter Außenfassade, Plüschteppich im Foyer und Gitterfahrstuhl. Das Zimmer im zweiten Stock mit stuckverzierter, immens hoher Decke, einer vermutlich kupfernen Gasleitung, die mittig von oben herabhing, aber wohl außer Betrieb war, denn daneben hing ein elektrischer Kronleuchter herab. Diesen musste man im Zimmer stets angeschaltet lassen, denn ein großer Baum vorm Zimmerfenster verdunkelte den Raum so sehr, dass man andernfalls, auch wegen des muffigen Geruchs im Zimmer, das Gefühl hatte, sich in einer Gruft zu befinden. Zumindest war es durch den Baum und das alte Gemäuer recht kühl, denn draußen herrschten stickige dreißig Grad. Das Fenster zum Balkon musste man immer geschlossen halten, wegen der Wärme und dem Krach von der Straße, zumal, der Balkon selbst, dank Jugendstil, kein wirklicher Balkon war, sondern nur ein Abtritt, sprich er nur so breit war, dass man gerade die Füße daraufstellen konnte. Darüber hinaus hatten ohnehin die Tauben das Ding für sich als Sitz- und Kackfläche eingenommen.

Das Bad wirkte auch noch wie in der Erstausstattung von 1800x. Uralte, altweiße Keramik, Badewanne auf

Füßen, zwar mit Duschbrause, aber ohne Halterung an der Wand und einem Waschbecken mit zwei Wasserhähnen, einer kalt und einer kochend-heiß. Man musste sich die Wassertemperatur in den Handflächen also zurechtmischen und dabei aufpassen, sich nicht zu verbrühen.

Aber irgendwie hatte all das einen gewissen Charme, der absolut zu einem verklärten, schwarz-weißen Parisgefühl längst vergangener Zeiten beitrug, tönte da nicht der gruselige Franzosen-Rap statt einer Edith Piaf oder eines Jaques Brel aus dem altertümlichen Radio auf der Anrichte.

Die Firma lag nur drei Metro-Stationen entfernt. Ich hätte da auch zu Fuß hingehen können, wäre da nicht die Hitze, der Autoverkehr und der entsprechende Gestank. Wobei der Muff tief unten im U-Bahn-Schacht und in der Bahn selbst, die auf Gummireifen fuhr und dadurch einen steten Plastikgeruch verbreitete, auch nicht viel besser war.

Tatsächlich fand ich mich ganz gut ein in die Sprache und die französische Lebensart, die natürlich auch Auswirkungen auf die Arbeitswelt hatte. So verbrachte man bspw. mittags in der Kantine eine geschlagene Stunde beim Essen inklusive Piccolo-Rotwein. Ohne den ging es für die Kollegen gar nicht.

Hinzu kam das Herantasten an sprachliche Feinheiten. Die Franzosen reagieren sehr sensitiv auf die richtige Wortwahl im Gespräch. Nicht jedes Wort, welches übersetzt auf Deutsch einen Sinn ergibt, kann man benutzen, um einen Sachverhalt auszudrücken. Manchmal reagiert (insbesondere) die Gesprächspartnerin stumm, weil eine falsch angewandte Vokabel ein gewisses Missfallen verursacht. Das fängt schon bei der Begrüßung an. Junge Leute begrüßen (und verabschieden) sich stets mit einem ‚Salut'. Wenn man sich etwas besser kennt, verbunden mit Küsschen links-rechts-links. Reifere Frauen spricht man mit ‚Madame' an und lässt diese Anrede im Dialog immer mal wieder einfließen. Natürlich alles verbunden mit der Sie-Form (vous) statt des du (tu).

Nach drei Wochen wechselte ich in eine andere Abteilung, deren Chefin mir vorgestellt wurde. Sie war eine Frau, vielleicht Mitte dreißig, schlank, gepflegt, die mit offenkundigem Geschick ihre langsam verblassende Schönheit durch eine tolle, langhaarige Frisur, dezentem Make-up und körperbetonter Kleidung, die vielleicht die eine oder andere körperliche Unebenheit kaschierte, aufrechterhielt.

Ich gab ihr die Hand mit einer leichten Verbeugung und einem ‚Bonjour Madame', was bei ihr allerdings ein unterdrücktes Grinsen verursachte, dem ich nicht ansah, ob sie sich damit über meine mangelnde deutsche Kenntnis in der Anwendung der französischen Sprache amüsierte oder darin doch eine gewisse Enttäuschung anklang, dass ich sie damit nicht mehr als junge Frau einstufte.

Der Kollege, der sie mir vorstellte, redete auch steif von Madame Soundso (den Namen hab' ich vergessen). Sie stellte sich selbst als ‚Valerie' vor und duzte mich fortan.

Die Arbeit in der Abteilung machte Spaß. Ich fand mich schnell ein, arbeitstechnisch, wie auch im Verhältnis zu den Kollegen und Kolleginnen. Valerie war immer mittendrin, hilfsbereit und bedacht auf gute Stimmung und Zusammenarbeit aller. Ich konnte nicht ergründen, ob das immer so war oder ob meine Person irgendwie ein Grund dafür war, dass sie stets, immer wenn sie es einrichten konnte, um mich herum-schlawenzelte.

Insofern überraschte es mich jetzt nicht allzu sehr, dass

sie mich eines Tages zu einem Abendessen bei sich zu Hause einlud.

Sie wohnte auch in einem Jahrhundertwende-Haus mit lauter stilechten Elementen: Säulen vor der Tür, irgendwelchen herabhängenden Figürchen und alten Kacheln im Portal. Ich nahm bewusst die Treppe hinauf in den zweiten Stock, immer rundherum um den Gitterfahrstuhl, in dessen Schacht ich ab und an einen Blick warf. Da ich unten bereits klingelte, fand ich die Wohnungstür oben angelehnt, woraufhin ich klopfte und ein entferntes „Komm herein" von innen hörte.

Mir eröffnete sich eine Diele mit Parkettboden, der sich durch die ganze Wohnung zog, verbunden mit einer hochwertig wirkenden Einrichtung bis ins kleinste Detail. Es war eine perfekte Symbiose aus Alt und Moderne.

Die Zimmer, die vom Flur abgingen, waren durch verglaste Schiebetüren abgetrennt. In das Esszimmer konnte ich einen kurzen Blick auf einen schön gedeckten Tisch werfen.

Zum Ende hin klangen die typischen Küchengeräusche entgegen, wie das Klappern von Töpfen und Geschirr.

Als ich im Türrahmen zur Küche stand, drehte sie sich um, wischte sich die Hände in der Schürze ab, legte ihre Arme um meinen Hals, begrüßte mich mit Küsschen links-rechts-links und überdeckte meine Überraschung darüber, dass sie mir sogleich zwei Schalen mit gebackenem Gemüse und einer Soße in die Hand drückte, die ich in das Esszimmer bringen sollte.

Ich stellte die Schalen auf dem kleinen, sehr edel wirkenden Tisch ab und schob dabei etwas Geschirr zurecht, um Platz zu schaffen.

Erst jetzt wurde mir bewusst, dass er nur für zwei Personen eingedeckt war.

Verdammt, was soll das hier werden?

Ich ging ans Fenster und warf einen Blick hinunter auf die vielbefahrene Straße. Ich glaube, ich lächelte. Lächelte mir selbst die Überraschung und den Unglauben fort, dass Valerie mich hier wohl zu einem tête-à-tête einbestellt hatte.

Der Abend begann einfach wunderbar: Ihr leichtes Essen schmeckte exquisit, der Wein betörte ein wenig die Sinne, wir lachten viel.

Irgendwann schob sie geschickt die Frage ein, die kommen musste:

„Tu as une fille?" (Hast Du eine Freundin?)

Mit meiner Verneinung verband ich sogleich die Gegenfrage, wer denn bei ihr der ‚Herr im Hause' sei? Diese unverhohlene Direktheit, weit abseits normaler französischer Etikette, sollte ihr zeigen, dass ich verstanden hatte, um was es hier jetzt ging.

Ihr vorheriges häufiges Lachen ging über in ein elegantes Lächeln, das ihre Berechnung hinsichtlich des weiteren Verlaufes des Abends aufzugehen schien.

Nein, da gibt es keinen, sagte sie bestimmt, sie suche sich ihre Männer immer selbst aus.

Vielleicht war dies die Eröffnung für ‚Phase 2': Wir gingen mehr und mehr in unserer Konversation in ein Flirten über. Es dauerte nicht lange, da hörte ich das Klappern von zu Boden fallenden Schuhe unter dem Tisch, die sie sich offenbar von den Füßen streifte und anschließend spürte ich einen Fuß an meinem Oberschenkel langgleiten, Zehen, die sich ihren Weg bahnten zu meinem Hosenschlitz und die nun sich jeweils krallten und wieder entspannten, während sie mir über meinen härter werdenden Schwanz in der Hose glitten.

Sie nahm den Kopf zurück, hatte die Augen

geschlossen und rutschte im Stuhl etwas weiter herunter, um mit ihrem Fuß tiefer in meinen Schritt einzutauchen.

Ich öffnete den Gürtel meiner Hose, zog den Reißverschluss hinunter und befreite meinen Schwanz, indem ich die Unterhose etwas herunterschob und ihren Fuß im Nylonstrumpf nahm und ihn auf der Unterseite meines Schwanzes ansetzte. Sie ließ ihn weiter auf meinem Schaft langgleiten, dann streckte sie ihn, um etwas tiefer in Richtung meines Sacks zu kommen, woraufhin ich die Unterhose weiter runter und nun Schwanz und Sack weiter hervorzog, damit sie mir mit dem Fuß nun auch über die Eier gleiten konnte.

Ihr schwerer werdendes Atmen ging nun manchmal in ein Stöhnen über, zumal, sie sich den kurzen Rock etwas hochschob und mit einer Hand offenbar ihre Muschi rieb.

Ich öffnete die oberen zwei Knöpfe meines Hemdes, zog es aus der Hose über den Kopf und ließ es zu Boden fallen. Mit einem unfassbar geilen Gesichtsausdruck sah sie mich und meinen nackten Oberkörper an, während sie nun den Fuß wegzog, aufstand und zu mir herumkam. Sie beugte sich zu mir herunter und küsste mich mit weit geöffnetem Mund. Wir ließen unsere Zungen wild miteinander spielen, leckten uns im Gesicht, während sie mit einer Hand meinen Schwanz packte und ihn wichste.

Dann ließ sie sich auf den Boden gleiten und ich schob mich mit dem Stuhl, auf dem ich saß, etwas zur Seite, sodass sie nun zwischen meinen Beinen kniend meinen Schwanz und Eier mit beiden Händen packte, wichste und anfing den Schaft von unten nach oben zu lecken.

Ich schloss die Augen, als ich spürte, wie sie ihren warmen Mund über meine Eichel stülpte, sie saugte, leicht mit den Zähnen zubiss und immer wieder ihre Zunge wild um sie herum kreisen ließ.

Diese Frau hatte es verdammt gut drauf!

Scheiße, hatte ich einen Druck auf den Eiern und ich musste intensiv tief ein- und ausatmen. Eigentlich wollte ich sie bei den Schultern packen, um sie von meinem Schwanz wegzuziehen, aber da hatte sie sich regelrecht in ihn verbissen, ihn verschlungen und ihn sich tief in ihren Hals eingeführt. Sie keuchte, würgte, nahm ihn wieder aus dem Hals, spuckte ziemlich viel Sperma auf den Schwanz und verrieb die ganze Suppe wichsend auf dem ganzen Schaft bis hinunter zum Sack.

Glücklicherweise brauchte auch sie eine Pause, die sie nutzte, ihre Bluse aufzuknöpfen, sich vom Körper zu ziehen, mit ihren Händen ihre schönen runden Titten aus dem schwarzen Spitzen-BH zu heben und sich sogleich meinen Schwanz zwischen die Brüste zu legen und diese nun an ihn zu pressen und ihn weiter mit harten Auf- und Ab-Bewegungen zu wichsen.

Mann, war das geil!

Sie spuckte mehrfach auf meine Schwanzspitze, drückte sie, presste den steten leichten Fluss von Sperma heraus, mit dem sie sich durch ihre Fickbewegungen die Titten vollschmierte.

Ich konnte nicht mehr, packte sie unter den Armen und zog sie zu mir hoch und wir küssten uns erneut wild und leidenschaftlich, ohne dass uns auffiel, geschweige es uns was ausmachte, dass wir ihren Lippenstift gegenseitig in unseren Gesichtern verschmierten.

„Hast Du nicht noch was Bequemeres für uns beide?", fragte ich sie, worauf sie sich auf meine Oberschenkel abstützend aufrichtete, meine Hand nahm und mich hinter sich herführte. Mit der anderen Hand hielt ich meine Hose, um nicht darüber zu stolpern, bis wir unmittelbar neben dem Esszimmer im Schlafzimmer landeten, dessen

Schiebetür sie zuvor aufschob und wir nun vor einem eleganten großen Bett standen, auf dem nur ein paar wenige kleine Kissen lagen, eingerahmt von mehreren verschnörkelten kleinen Lampen, die ein warmes Licht verbreiteten. Sie hatte alles wohl vorbereitet.

Während ich die Hose herunterfallen ließ, Schuhe und Socken von den Füßen zog, löste sie den BH und zog den Reißverschluss ihres Rocks herunter, der allerdings wegen ihrer runden Hüften nicht so einfach zu Boden fiel.

Ich kam ihr zuvor, indem ich meine Arme ums sie schlang, sie erneut küsste und leckte und mich dabei von ihrem Hals auf ihre Brüste herunter arbeitete. Ich sog das herrliche weiche Fleisch mit den harten kleinen Nippeln in meinen Mund, leckte und lutschte sie mit meiner wilden Zunge, was ihr wohl gut gefiel, denn sie presste meinen Kopf auf ihre Titten. So verteilte sich mein Sperma, mit dem ich zuvor ihre Brüste besudelt hatte, nun auf mein ganzes Gesicht.

Ich warf sie rückseitig auf das Bett, was sie mit einem freudigen Quieken quittierte, packte ihre Beine, die noch immer in den seidenen Strümpfen steckten, griff nach dem Saum des Rockes und zog ihn ihr mit etwas Hin- und Her-Ruckeln vom Arsch. Darunter befand sich ein schöner, schlank geschnittener Spitzen-Slip, dessen unteres Ende zur Arschspalte hin sich bereits feucht-schmierig zwischen die Schamlippen gezogen hatte. Sie griff sich an die Waden und zog sich die Beine so unglaublich weit hoch, als sei sie Artistin im Chinesischen Staatszirkus. Sie hätte sich regelrecht die eigenen Zehen in den Mund stecken können. Dies tat sie, um mir quasi stolz ihr herrliches, teilrasiertes, glitschiges Lustzentrum zu präsentieren. Wobei sie mich nicht wirklich auffordern musste, mich dem nun ausgiebig zu widmen. Mit einem Finger zog ich den Stoff des Slips zu Seite und tauchte meinen Mund und Nasenspitze tief in das weiche, schmierige Fleisch ihrer Muschi hinein, ließ meine Zunge darin langgleiten und saugte mir ihre Säfte in den Mund. Die fleischigen äußeren Lippen gingen so herrlich auseinander, sodass ein eintauchen tief in das rosige Fleisch der inneren Lippen gar kein Problem war, ich dadurch den Mittelfinger meiner anderen Hand in ihre Vagina einführen und gleichzeitig mit dem Finger ficken und mich zu ihrer Klitoris hocharbeiten konnte. Als ich diese nun mit meinen Lippen und leicht mit den Zähnen packte, sie mit der Zunge wild stimulierte, merkte ich, wie sie jetzt total abging. Sie rief mir irgendwas zu, was ich nicht verstand, patschte mit den flachen Händen auf meinen Kopf und fing nun, nachdem sie zuerst stöhnte und röchelte, an zu schreien.

Ich ließ kein Stück nach mit meinem Fingerfick und mit meiner Zunge auf ihrer Klitoris und merkte nun, wie sie mir fast die Haare vom Kopf zu reißen schien, sich verkrampfte und sie einen fast schrillen lauten Lustschrei ausstieß. Schnell stemmte ich meine Hände in die Matratze und erhob damit mein Gesicht aus ihrer Muschi, als nun ein scharfer Strahl eines Gemisches aus Muschischleim und Urin aus ihr heraus mir auf die Brust spritzte und alles um uns herum besudelte.

Sie ließ ihre Beine los, die daraufhin auf das Bett glitten und lag für einen Moment wie scheintot da. Ich zog ihr nun noch den nassen Slip aus und legte mich anschließend neben sie, zog ihren Körper seitlich an mich heran und küsste sie zärtlich auf den Mund. Mit ein paar Streicheleinheiten erwachte sie zu neuem Leben.

Wir schoben unsere beiden Körper etwas weg von der durchnässten Stelle auf dem Bett, wobei ich sie dabei gleichzeitig auf den Bauch drehte. Dann liebkoste ich ihr den Rücken, glitt mit Mund und Zunge ihre Wirbelsäule entlang bis zu der Mulde, an der sich unmittelbar ihre Arschspalte anschloss. Dann rutschte ich hinter sie, zwischen ihre Beine und hob ihren Arsch etwas in die Höhe, bis sie ganz auf den Knien hockte. Ich ließ meine Hände über das herrliche pralle Fleisch ihres runden Arsches gleiten, leckte und biss hinein, dann schlug ich ihr leicht mit der flachen Hand auf eine Arschbacke, worauf sie mit einem lustvollen Quietscher reagierte. Jetzt ließ ich meinen Mund und Nase zwischen die Arschbacken gleiten und zog sie mit den Händen etwas auseinander, damit ich besser meine Zunge über ihren Anus bis zum unteren Rand der Schamlippen gleiten lassen konnte. Mit dem Mittelfinger meiner rechten Hand glitt ich danach in ihre Muschi, fingerte die Vagina, glitt wieder hinaus zum Anus, in den ich leicht mit meinem Ringfinger eindrang.

Sie stöhnte schon wieder herum und schien bereit für den nächsten Akt. Meinen Schwanz etwas anwichsend, zog ich die Vorhaut weit zurück und platzierte ihn auf ihren Schamlippen, glitt etwas hin und her und drang dann ganz langsam in sie ein. Immer wieder zog ich den Schwanz zurück, ließ ihn auf der Muschi gleiten und drang wieder ein. Jedes Mal schob ich ihn dabei etwas tiefer in ihren Körper hinein.

Sie richtete sich etwas auf und schrie mich an, ich solle sie ficken, warf dabei ihr langes Haar zurück, griff es mit beiden Händen, als ob sie sich einen Pferdeschwanz binden wollte. Ich packte das zusammengeschobene Haar mit meiner linken Hand, verdrehte diese dabei einmal, sodass ich ihre komplette Haarpracht wie ein Lasso in meiner Hand hielt, während ich die andere an ihrer Hüfte hielt, um damit jetzt den Fickrhythmus zu steuern.

In dieser Stellung, ihre Haare fest in der linken Hand,

fickte ich sie nun, als säße ich auf einem wilden Pferd, hielt sie damit in der Aufrechten, sodass mein Schwanz mit jedem Stoß immer wieder ihren G-Punkt treffen konnte.

Diese Frau war wirklich ein einziges ultimatives Lustzentrum. Selten habe ich eine Frau erlebt, die sich mit einer solchen Energie ihrer Lust hingab, als ginge es darum, sich selbst den Teufel auszutreiben. Sie stöhnte, sie schrie hemmungslos herum (Mein Gott, was denken nur die Nachbarn!). Tatsächlich arbeitete ich darauf hin, nachdem ich sie eben erst durch Penetration zum Spritzen gebracht hatte, jetzt erneut mit ihr gemeinsam abzuspritzen. Aber es war wahnsinnig anstrengend! Mein Schwanz schmerzte, meine Eier drückten den Saft aus sich heraus, wie frische Lava, die sich versucht, unter leicht erkalteter Lava an der Oberfläche ihren Weg nach oben zu bahnen. Nur eine enorme muskuläre Anspannung konnte diese Explosion unterdrücken und etwas steuern. Mir rann der Schweiß über den ganzen Körper und spritzte mir von den nassen Haaren regelrecht im Gesicht herum, brannte mir in den Augen.

Und dann schrie ich.

Ich schrie sie an, dass ich komme, dass ich sie jetzt vollspritzen werde mit meinem Saft und forderte sie damit auf, jetzt alle Schleusen ihres Körpers zu öffnen.

Und das tat sie tatsächlich! Ich spürte diese ultimative Explosion des Drucks aus meinen Eiern, die eine Fontäne von Saft aus ihnen heraus und tief in ihren Körper hineinspritzen ließ. Gleichzeitig eine enorme Nässe und Entspannung der zuvor stark angespannten Muskulatur ihrer Muschi, was unsere beiden Geschlechtsorgane unmittelbar schlaff, entspannt und alles drumherum wahnsinnig nass werden ließ.

Ich ließ ihre Haare los, glitt fast unmerklich aus ihr

heraus und wir beide ließen uns auf die Matratze fallen, als seien wir soeben von einer tödlichen Kugel getroffen.

Es dauerte eine Zeit, bis ich sie etwas streicheln konnte, wir uns auf der Seite liegend die Gesichter zuwandten, uns sanft zu küssen begannen und uns gegenseitig sagten, wie wahnsinnig geil wir unseren irren Fick fanden.

Im Zustand einer gewissen Betäubung fand ich mich irgendwann in der Dusche und später in der Küche wieder, wo ich ihr half, das Geschirr abzutrocknen, während sie uns noch den Nachtisch zubereitete, indem sie mit einem kleinen Bunsenbrenner auf einem Pudding Zucker und Alkohol zu einer Glasur verschmolz.

Die leckere ‚crème brûlée' löffelten wir im Stehen.

Irgendwann ging ich die ganze Strecke zum Hotel ‚à pied' (zu Fuß) durch die Nacht in Paris.

VIII

Larissa
♀♍! 👭

Meine Eltern fahren seit Urzeiten im Winter zum Skifahren nach Österreich. Immer in denselben Ort. Früher war ich natürlich immer mit, seit einigen Jahren nicht mehr. Sie treffen sich dort stets mit einem befreundeten Paar und teilen sich eine Ferienwohnung. Angesichts der Tatsache, dass ich seit der Trennung von Michi wieder bei meinen Eltern wohnte, fragte mich mein Vater, ob ich denn nicht mitkommen wolle. Natürlich nur, wenn ich meinen Kostenbeitrag dazu leiste, denn der Spaß war mittlerweile astronomisch teuer geworden. In meinem neuen Job hatten sie mir zu Anfang keinen Urlaub bewilligt, sagten netterweise aber nun am Jahresbeginn, dass ich meinen Resturlaub bis Ende März zu nehmen hätte, weil er andernfalls verfallen würde. Gut, dachte ich mir, dann mach ich doch mal wieder Urlaub mit meinen Eltern, wie in alten Zeiten. Notfalls kann man sich beim

Skifahren ganz gut aus dem Weg gehen und sein eigenes Ding machen. So fuhren wir alle gemeinsam, meine Mutter, mein Vater und ich in seinem Golf vollgepackt mit dem ganzen Ski-Gerödel ins Salzburger Land, in den kleinen Ort Zauchensee. Dieser hat den Charme, beinahe malerisch im hintersten Ende eines Tales zu liegen. Er ist aber wunderbar angebunden an die ganzen Skianlagen über mehrere Täler hinweg. Gut, ich wusste, dass das Ehepaar Müller wie immer dabei war, was sie mir aber nur so halb erzählten war, dass sie ihre Tochter Larissa mitbrachten, mit der ich mir im Appartement das dritte Zimmer teilen sollte.

Ich erinnerte mich an Larissa eigentlich kaum, denn ich war immer mit den beiden älteren Müller-Söhnen unterwegs und heizte ohne Ende die Berge hinunter. Larissa war damals noch kleiner und obendrein waren zu dieser Zeit Mädchen einfach uncool.

Am Appartement angekommen begrüßten wir die allseits bekannte Vermieterin und die Müllers waren auch schon da. Diese schienen sehr erfreut, mich mal wieder zu sehen, während ich die etwas peinliche Situation überspielte, dass sie mich duzten, während es mir nahelag, sie wie früher mit ‚Herr und Frau' Müller anzusprechen und zu siezen. Leider halfen sie mir auch nicht aus der Lage, indem sie mir jetzt mit Ende zwanzig mal das Du anboten. Aber egal, hinter ihrem Rücken schoben sie nun ihre Tochter hervor und meinten stattdessen zu mir:

„Larissa, die kennst Du doch noch?"

Nein, die hätte ich tatsächlich nicht wiedererkannt. Eine adrette junge Frau, hübsch anzusehen, augenscheinlich herrliche Rundungen an den richtigen Stellen und offensichtlich ausgestattet mit dem richtigen Maß an Selbstbewusstsein, angesichts des ‚Marktwertes' ihrer Erscheinung. Diese setzte sie wirklich kokett in Szene, mit frecher Frisur, dezenter Kosmetik und moderner, figurbetonter Kleidung. Und mit dieser geilen Frau soll ich mir ein Zimmer teilen, oh scheiße! Ihr müsst das doch auch vorher bekannt gewesen sein! Ich hatte in dem Moment aber nicht den Eindruck, dass das ein Problem für sie sei, eher im Gegenteil.

Ich gab ihr mit einem knappen ‚Hallo' die Hand. Sie lächelte mehr als charmant zurück. Mein Gott, was denken sich unsere Eltern eigentlich! Wie weit haben die sich denn bereits von körperlichen Anziehungskräften von Männern und Frauen entfernt, dass sie uns beiden jungen Leute gemeinsam in ein Zimmer stecken wollten?!

Vermutlich dachten beide Elternpaare, ihre Kinder seien quasi Geschwister. Also für früher konnte man das auch gelten lassen, aber heute?

Wir bezogen nun unser Appartement und mein Vater machte wie immer Druck, sich ganz schnell umzuziehen, denn nach acht Stunden Autofahrt musste er stets sofort nach der Ankunft noch für den Nachmittag auf die Piste und ich sollte natürlich mit. Angesichts dessen, dass Larissa sich auch im Zimmer aufhielt und ihre Klamotten auspackte, entstand damit schon die erste Unannehmlichkeit dadurch, dass ich mir meine ganzen Skiklamotten greifen und mich im engen Bad umziehen musste.

Durchgeschwitzt, bevor wir überhaupt am Lift standen, wegen des ganzen Gerödels, wie den dicken Klamotten, Helm, Skibrille, Handschuhe, Gesicht eincremen nicht vergessen, den tonnenschweren Skistiefeln an den Füßen, mit denen man wie auf dem Mond wandelt, dazu die Skier und Stöcke über der Schulter, watschelnd zur Talstation, dort mehr als 300 freundliche Euronen abdrückend für den einwöchigen Skipass und dann endlich in der Gondel sitzend, auf dem Weg hinauf auf den Berg.

Pfffff.

Ich war bereits so fertig, dass ich am liebsten gleich in die erste Skihütte eingekehrt wäre.

Von meinem Vater kam stattdessen nur ein:

„Stell Dich nicht so an!"

So brachte mich mein Vater am ersten Nachmittag bereits an meine Leistungsgrenze, zumal es üblich war, sich am Ende des Skitages immer unten im Tal im ‚Skipilz', einer runden Bar mit einem Zeltüberbau auf der Wiese vor der Talstation, auf einige Runden Schnaps und Bier zu treffen. Meine Mutter und die Müllers warteten bereits auf uns und hatten schon kräftig vorgeglüht.

Für Nicht-Skifahrer muss ich hier, glaube ich, nochmal erklären, wie das so abläuft im Skiurlaub: irgendwie spätestens um 10 Uhr morgens Treff an der Talstation und noch am Vormittag das erste Bier auf einer der Hütten. Mittags mit allen zusammen wieder auf einer Hütte zum Essenfassen, bei vermeintlich österreichischen, überteuerten ‚Schmankerln', dazu erneut Bier und oft Schnapsrunden. Nachmittags meistens noch ein ‚Einkehrschwung' und ganz am Ende, na, das hab' ich oben bereits geschildert.

Ach so, dazwischen wird natürlich Skigefahren, wobei in unserer Gruppe alle allen stets unterschwellig zeigen müssen, was sie (noch) so draufhaben, sprich, wer am elegantesten und fehlerlosesten schwingt bei gleichzeitig höchster Fahrgeschwindigkeit.

Nirgends wird einem seine körperliche Fitness in Sachen Sport und Trinkfestigkeit bewusster, als beim Skifahren.

So landeten Larissa und ich irgendwann abends in unserem nicht wirklich 1-80er Ehebett mit Besucherritze, und sie drehte sich zu mir und fragte mich, ob ich denn gar nicht mehr mit dieser schicken Schwarzhaarigen zusammen sei, mit der sie mich mal in Heidelberg abends vor dem Stadttheater gesehen hätte.

Ich war so überrascht über die Frage, bei gleichzeitiger Ahnungslosigkeit, wen genau sie meinte angesichts der zahlreichen Frauen in meinem bisherigen Leben, sodass ich blöd antwortete:

„Welche Schwarzhaarige?"

Sie verzog das Gesicht, signalisierte meine Antwort doch für sie, dass besagte Schwarzhaarige eine von vielen meiner Freundinnen gewesen sei.

Wenn die wüsste...

„Na die, mit der Du Französisch gesprochen hattest".

Jetzt dämmerte es mir, dass sie mich wohl mit Vivian gesehen haben musste, denn schick, schwarzhaarig und französisch traf nach meiner Erinnerung einzig auf sie zu.

„Äh, nein, mit der bin ich schon lange nicht mehr zusammen, das muss doch schon bald zwei Jahre her sein, oder?"

„Es soll Leute geben, die länger als zwei Jahre zusammen sind."

Ich hatte mich jetzt wieder ein wenig gefangen.

„Ich liebe, glaub' ich, eher die Abwechselung", sagte ich nun fast wieder mit meinem normalen Selbstbewusstsein.

Scheiße, war das eine unvorsichtige Steilvorlage für einen Flirt, die sie sofort annahm, wie eine Katze, der es gerade gelungen war, die Maus mit den Vorderpfoten zu packen, sie in den Nacken zu beißen und mit ihrem Opfer davonzulaufen.

„Das kann ich mir vorstellen", sagte sie und ließ ihren lüsternen Blick von meinem Gesicht über meinen nackten Oberkörper bis auf den Ansatz meiner Boxer hinuntergleiten, da ich die übermäßig dicke und viel zu warme Bettdecke leicht aufgeschlagen hatte.

Fast genierlich zog ich die Decke wieder über den Körper und sagte:

„Hör zu, ich bin sau-müde von dem langen Tag, mach doch bitte noch das Licht aus" und drehte mich zur anderen Seite.

„Das finde ich aber sau-schade", hörte ich sie mit einer Mischung aus Ironie und Bedauern sagen, ignorierte es aber und bemühte mich einzuschlafen.

Generell liebe ich diese Art Frauen: Attraktiv, selbstbewusst und mit einer gewissen Lüsternheit kokettierend. Aber scheiße, ich kann doch mit der hier in dem Appartement jetzt nicht was anfangen, wenn unsere Eltern links und rechts neben uns ihre Zimmer haben!

—

Bereits am dritten Nachmittag war ich so dermaßen fix und fertig, dass ich mich vorzeitig von der Gruppe verabschiedete und mich zurück ins Appartement begab. Ich duschte ausgiebig, legte mich nackt bis auf die Unterhose ins Bett und schaute Wintersport im österreichischen Fernsehen, was mich allerdings nicht besonders interessierte.

Irgendwann war ich wohl auf dem Rücken liegend eingeschlafen, als ich mehr unterbewusst ein Türklappern hörte und kurz danach merkte, wie jemand die Bettdecke über meinen Füßen anhob. Ich öffnete die Augen und sah, dass es mittlerweile dunkel geworden war und einzig Licht aus dem warmen, offenbar vom vorherigen Benutzen der Dusche, dampfenden Bad, dessen Tür offenstand, in den Raum hineinschien. Ich sah einen nackten Frauenkörper, der sich von unten unter meine Decke schob, mit den Händen über meine Beine glitt, und ich spürte einen warmen, weichen Mund auf der Haut, der sich seinen Weg bahnte, die Innenseiten meiner Oberschenkel hinauf. Dazu kitzelte mir die wilde Mähne ihrer Haarpracht über die Beine. Ihre Hände griffen mir leicht unter den Arsch und ich spreizte meine Schenkel ein wenig, als ich nun spürte, wie dieser Mund über meine Boxer glitt, sich dabei weit öffnete, eine Zunge von unten nach oben über meinen Schwanz glitt, der sich in der Boxer bereits ordentlich aufgerichtet hatte. Als ich merkte, wie sie eine Hand zur Hilfe nehmen musste, die Decke etwas anzuheben, weil ihr darunter wohl so langsam die Atemluft ausging, half ich ihr, indem ich die Decke zur Seite hob und auf den Boden fallen ließ.

Meinen Schwanz in der Boxer weiter mit ihrem Mund, Zunge und Zähnen bearbeitend, sah mich Larissa nun geil von unten, über den Oberkörper bis ins Gesicht an und meinte:

„Ich dachte, ich tu mal ein bisschen was für Deinen Wunsch nach Abwechslung."

Ich sog tief die Luft ein, legte den zuvor angehobenen Kopf zurück auf das Kopfkissen, schloss die Augen und ließ es einfach geschehen.

Ganz vorsichtig lüpfte sie die Boxer und zog sie am oberen Rand etwas runter, dadurch schob sich meine pralle Eichel aus dem Stoff, über die sie sogleich ihren warmen Mund stülpte, abwechselnd mit einer wild spielenden Zunge und leichtem Druck der Zähne bearbeitete, leicht daran sog und die Boxer weiter herunterschob, um sich mehr von dem Schwanz in den Mundraum zu saugen.

Mit einer unglaublichen Leidenschaft leckte, saugte und biss sie in meinen Schwanz, schob ihn immer tiefer in den Mund und Rachen, nahm ihn wieder raus, schmierte sich mit meiner Eichel, aus der schon ziemlich viel Sperma lief, über die Wangen, sabberte lustvoll, mit Sperma und Speichel in ihrem Mund und ließ diesen Schleim aus den Mundwinkeln über ihr Kinn rinnen, spuckte auf meine Schwanzspitze und wichste nun den kompletten Schwanz, den sie vollständig aus der Boxer herauszog.

Sie war wirklich eine außergewöhnlich schwanzgeile Frau, denn nun griff sie mit einer Hand tiefer in meine Boxer hinein, packte meinen Sack und ließ die langen Finger über meine Eier gleiten, die sie mit viel Gefühl mit ihrer Hand umschloss und die weiche Haut meines Sacks um eines der Eier spannte, welches sie sich dann in den Mund hinein sog, während sie das andere Ei ebenfalls griff, um sich dieses anschließend in den Mund zu saugen, es mit den Lippen und Zähnen leicht zu drücken und es mit viel Speichel und Sperma im Mund vollzusabbern. Dazu wichste und wrang sie meinen Schwanz gleichzeitig mit den Händen, fast als würde sie ein nasses T-Shirt auswringen.

Längst hatte ich die Augen offen, den Kopf nach unter gestreckt und meine Hände wühlten wild in ihrer Mähne.

Ich musste mittels tiefem Ein- und Ausatmen all meine Muskelkraft der Genitalien anstrengen, um ihr nicht gleich meine Ladung in den Mund zu spritzen.

Allerdings weiter hätte sie jetzt auch nicht machen dürfen. Ich erhob mich etwas aus dem Bett, griff ihr unter die Armbeugen und zog sie damit von meinem Schwanz weg, sodass wir uns nun leicht mit den Nasenspitzen berührten. Angesichts ihrer trüben Augen hatte ich sie damit ganz offensichtlich gerade aus einem Rausch totaler Geilheit erweckt. Sie reagierte aber sofort, öffnete ihren Mund voller Speichel und Sperma und drückte ihn auf meinen.

„Wo hast Du denn die anderen gelassen?", unterbrach ich kurz darauf unser immer leidenschaftlicher werdendes Küssen und Lecken, kurz bevor das hier jetzt in einen nicht mehr beherrschbaren irren Fick überging.

„Keine Sorge, die sind im ‚Bauernstüberl'", sagte sie außer Atem, aber wieder mit ihrem wahnsinnig lüsternen Blick, „wir haben noch ein paar Stunden sturmfreie Bude".

„Na denn", sagte ich, zog ihren Körper noch etwas höher und griff anschließend nach ihren wirklich schönen, großen runden Brüsten. Während ich mir die eine Brust in den Mund sog und deren Warze leidenschaftlich mit Lippen, Zähnen und wild tippender Zunge bearbeitete, massierte ich die andere mit den Fingern, umrundete sie, zwirbelte sie und kniff sie leicht. Dann wechselte ich Hand und Mund an den Brüsten, deren Warzen herrlich hart waren und wie Gumminippel, prall hervorstanden und auch keine Anzeichen machten, wieder zu erschlaffen.

Alles an dieser Frau war total geil: Ihr Mund, ihre Hände, ihre Titten und natürlich auch ihre Muschi. Sie ließ mich nicht einfach nur die ganze Zeit ihre Titten lutschen und fingern, sondern hatte ihr Gesäß auf meinem Schwanz in Position gebracht, um nun ihre Hüfte wie eine Samba-Tänzerin vor- und zurückschiebend, ihre schmierig nasse Muschi auf meinem Schwanz gleiten zu lassen. Ich spürte, wie ich dabei immer wieder zwischen die Schamlippen glitt, oben über den Kitzler an den Bauchansatz, wieder hinunter und wieder hinauf. Als ich sie an den Hüften packte und damit den Druck unserer Geschlechtsorgane aufeinander etwas erhöhte, merkte ich nun, wie ich in sie hineinglitt. Sie jauchzte kurz auf, denn ich spürte schon, dass sie trotz aller Expertise, die sie mit Mitte zwanzig bereits hatte, noch ganz schön eng war. Vorsichtig dosierte ich den Druck, nahm ihn wieder zurück, glitt sogar wieder vollständig heraus, sodass sie das Glitschen zwischen ihren Lippen wieder aufnehmen konnte. Bestimmt fünfmal drang ich in sie ein, bewegte meinen Schwanz jedes Mal etwas tiefer in sie hinein und ließ ihn wieder hinausgleiten, bis sie sich auf mich legte und sie nun durch den Druck ihrer Knie auf der Matratze, Position und Tiefe meines Schwanzes in ihrem Körper selbst dosieren konnte.

Während sie zuvor schwer atmete und manchmal keuchte, wurde sie nun ruhiger, bewegte ihr Becken in einem gleichmäßigen, immer noch vorsichtigen Rhythmus auf meinem Schwanz auf und ab. Mit meinen Händen an ihren Arschbacken nahm ich ihr Tempo an und versuchte, die Züge der Auf- und Ab-Bewegungen langsam zu steigern. Mal stieß ich in tiefen Zügen in sie hinein, dann machte ich wieder kurze, bei denen meine Eichel fast nur den Eingang ihrer Vagina antippte. Das schien sie sehr geil zu machen, denn sie fing wieder an zu keuchen und ging in eine Art gleichmäßiges, ja fast blökendes Stöhnen über. Nie ließ ich sie sich auf irgendeine Form meiner Fickbewegungen einstellen, geschweige sich darin ‚auszuruhen'. Nur unterbrochen von gelegentlichen kurzen Pausen, die ich unbedingt zum Durchatmen brauchte, drang ich wieder tiefer in sie ein, beschleunigte die Rammelbewegungen, verzögerte sie, verkürzte und verlängerte den Zug. Während wir fickten, sog ich mir ab und zu eine ihrer Brüste in den Mund und prüfte fast unterbewusst, die Warze lutschend, stets deren Härte, um den Grad ihrer Geilheit im Blick zu haben. Tatsächlich spürte ich kaum ein Nachlassen der Härte ihrer Nippel und ging nun so langsam dazu über, sie härter und ausdauernder zu rammeln. Natürlich hatte ich schon oft Frauen gefickt, die auf mir ritten und diese für mich deutlich weniger anstrengende Stellung genutzt, indem ich einfach meinen Körper recht still in Position halten und den Körper meiner Partnerin mittels der Muskelkraft meiner Arme mit den Händen auf ihren Arsch zu bewegen.

Durch die Scheiß-Skifahrerei war ich aber deutlich weniger fit und obendrein hatte ich Muskelkater in den Beinen, besonders den Oberschenkeln, was sich jetzt mit dieser 65-Kilo-Frau auf mir langsam bemerkbar machte.

Nein, einen Stellungswechsel, sie vielleicht nochmal von hinten zu nehmen, hätte ich nicht mehr hinbekommen. Daher setzte ich jetzt alles daran sie so intensiv, wie ich nur konnte zu rammeln.

Wir stöhnten, ich feuerte sie an zu spritzen, was sie tatsächlich unkontrollierter grunzen ließ, bis sie sich endlich verkrampfte, sie aufschrie, als sie merkte, dass sich der Orgasmus in ihrem Körper seine Bahn brach und ich mit letzter Kraft versuchte, die Fickbewegungen aufrechtzuerhalten, bis diese megageile riesige Welle der Lust über unsere Körper hinwegschlug.

Irgendwie schoss der Saft explosionsartig aus meinen Eiern durch mein Rohr hindurch in sie hinein und ich spürte diese totale schleimige Nässe, in der unsere Geschlechtsorgane noch immer verbunden waren.

Ihr heißer, schweißnasser Körper lag wie erschlagen auf mir und schnürte mir fast die Brust zu, sodass ich mich etwas unter ihr wegschieben musste, um keuchend, fast wie ein Hund hechelnd Sauerstoff in mich hineinzusaugen.

Nach ein paar Minuten machte ich Anstalten, ihren Körper von mir runter auf die Seite zu heben, wobei sie mir half. Ich zog die Bettdecke vom Boden hoch und bedeckte damit etwas unsere Körper, dann schmiegten wir uns aneinander und küssten und leckten uns im Gesicht, wie ein frisch verliebtes Paar.

In diesem Urlaub fanden wir noch ein paarmal eine Gelegenheit zum Sex, ohne dass unsere Eltern davon etwas mitbekamen.

Das Einzige, was tatsächlich erst so langsam bei mir durchsickerte, war, dass sie mich nicht fickte, weil sie einfach geil war, sondern, weil sie wirklich in mich verliebt war.

Ich hielt mich bis dato immer für jemanden mit einer schnellen Auffassungsgabe. Aber niemals zuvor brauchte ich für etwas so lange, bis ich endlich geschnallt hatte, dass auch ich mich in diese Frau verliebt hatte.

IX

Susi

♀ ⚨? ⚥? ⚦? 💀

Mein bisheriges ‚Liebesleben' muss ich jetzt, mit ein paar Jahren Abstand, mal in Anführungszeichen setzen, denn dieser Begriff traf es, im Sinne von ‚Liebe' nicht wirklich. Ich hatte bis dahin recht häufigen, manchmal regelmäßigen Sex mit einer Vielzahl von Frauen. Glücklicherweise konnte ich dabei, was die Escort-Damen betraf, sogar wählerisch sein, sprich ich hatte niemals Sex mit einer Frau, mit der ich es selbst eigentlich nicht wollte. (mit einer Ausnahme vielleicht, siehe folgenden Text) Ich bin mir sicher, dass ich dadurch wahnsinnig viel gelernt hatte und vermutlich im Bett deutlich besser war, sprich den Wünschen einer Frau gerechter geworden bin, als so mancher Durchschnittsmann.

Das machte mich aber bei Frauen nicht wirklich zu einem auch besseren Partner. Während bei Männern der

Sex in einer Partnerschaft stimmen muss, ist dies bei Frauen im Zweifel eher sekundär. Gut, die Escort-Damen waren der Beweis für das Gegenteil, die sind aber nicht der Maßstab, sondern Frauen wie damals Michi oder jetzt eben Larissa.

Ich war also vorsichtig und ließ es mit ihr eher zurückhaltend angehen. Sie wohnte und studierte fast fünfzig Kilometer von mir entfernt und da sie dort in einer WG lebte, war an ein Zusammenwohnen so schon mal nicht zu denken. Wir führten also eine Wochenendbeziehung, was auch ihr offenbar nichts auszumachen schien, hatte sie mit Nichten die Absicht, (oder vielleicht auch nicht die Hoffnung) dass wir jetzt in Kürze zusammenleben, vielleicht heiraten oder sogar Kinder haben würden. Sie hatte einen sehr offenen Umgang mit ihren Kommilitonen, verabredete sich häufig mit zahlreichen Leuten gleich welchen Geschlechts. Dafür reduzierte sie entsprechend unsere gemeinsame Zeit, womit ich mich knallhart abfinden musste. Obendrein war ich in ihrer WG nicht besonders gern gesehen, da wir den anderen mit unseren Sex-Geräuschen, die stets durch sämtliche Wände dieser Schrott-Hütte drangen, auf die Nerven gingen.

Nie zuvor hatte ich dieses seltsame Gefühl, von einer Frau ausgehalten zu werden. Nicht finanziell, nein das nun gar nicht, sondern sie bestimmte ihre Jakob-Dosis und signalisierte vielleicht unterbewusst: Es ist ja alles ganz nett mit Dir und ein toller Lover bist Du auch, aber wenn es morgen mit uns vorbei sein sollte, dann ist es auch nicht so schlimm.

Tatsächlich war es aber schlimm für mich. Ich konnte mit diesem, mir völlig unbekannten Gefühl überhaupt nicht umgehen. Die ursprünglich sich bei mir sehr langsam durchsetzenden Schmetterlinge im Bauch, dem schönen Teil des Verliebtseins, wichen immer mehr Gefühlen einer Vorstufe zum Liebeskummer, was mich mehr und mehr fertig machte.

Wie so häufig in irgendwelchen Scheiß-Lagen klingelte mal wieder das Handy. Bevor ich 'ran ging, musste ich bei dem aufleuchtenden Namen erstmal kurz nachdenken, wer das denn noch war. Es war dieser Typ, der sich Marty nannte, mit dem ich diesen Escort-Auftrag in Bad Homburg hatte, dieser geilen Frau, deren Ehemann und Hochseekapitän oder Seeräuber oder was auch immer, uns hinter dem Vorhang beim Sex zusah.

Er machte am Telefon gleich wieder auf ‚best buddy', aber ich hatte diesen Stil noch aus den USA in schlechter Erinnerung. Entsprechend reserviert verhielt ich mich.

Ob ich nicht Bock hätte, einen neuen Auftrag der Escort-Agentur von ihm zu übernehmen. Auf meine Frage, wieso er den denn nicht machen könne, quasselte er irgendwas von ‚keine Zeit', er hätte einen neuen Job und mache das nur noch so nebenbei. Ich glaubte ihm nicht. Irgendwas stimmte nicht mit dieser Braut. Allerdings, so wie er sie mir beschrieb, konnte ich nichts Negatives an ihr erkennen, im Gegenteil, er deutete an, sie sei ‚ziemlich drall' und er stehe nicht so sehr auf solche Frauen.

Ich allerdings schon. Ich habe eine Schwäche für Frauen, an denen ‚richtig was dran' ist, insofern sagte ich nicht sofort nein, sondern versprach, den Chef unserer Agentur anzurufen. Er nannte mir noch den Namen der Frau: Sie hieß Susi.

Die nächsten Tage haderte ich mit mir. Griff immer mal wieder zum Telefon, legte es dann aber doch wieder zur Seite. Stattdessen rief ich Larissa an. Stets musste ich sie anrufen. Sie selbst kam eher selten auf den Gedanken.

Nein, kommendes Wochenende hätte sie keine Zeit, da sei sie schon verabredet und außerdem müsse sie noch lernen, Klausurenphase, ich wüsste schon.

Dieses Telefonat war der letzte kleine Kick, der noch fehlte, die Nummer des Chefs der Escort-Agentur einzutippen und ihn anzurufen. Er war sofort hocherfreut, dass ich bereit sei, mich um diese Susi zu kümmern, zumal er offensichtlich von Martys Nichtwollen und mangelnden Alternativen geplagt schien. Er würde mir gleich eine Textnachricht schicken, mit ein paar Bildern und Daten von ihr.

Wenige Minuten später scrollte ich durch mein Handy, besah mir ein, zwei Fotos und das PDF eines internen Fragebogens der Agentur. Sie sah eigentlich ganz apart aus. Allerdings sind alle Damen der Escort-Agentur irgendwie gut anzuschauen, sind de facto echt hübsch oder auf jeden Fall selbstbewusst und auf ihr Äußeres bedacht. Susi schien auf den Fotos allerdings mehr als drall, aber die schon zu erahnenden Kurven ihres Körpers turnten mich echt an. Ich schätzte sie auf über 80 kg.

Der Fragebogen war schwer lesbar. Dort stand irgendwas handschriftlich Hingeschmiertes, aus dem ich das Wort ‚dominant‘ meinte zu lesen.

Mehrfach wechselte ich zwischen den Fotos und dem Text. Auf den Bildern war mit Heranzoomen ein relativ hübsches, allerdings streng wirkendes Gesicht zu sehen, kein Lächeln, keine Lachfalten oder Grübchen. Es wirkte ebenmäßig, wie eine marmorne Statue. Im Text eine Wohnanschrift in einem Nobelstadtteil einer Nachbarstadt, dreißig Kilometer von hier. ‚Kunstinteressiert‘ konnte ich noch entziffern.

Ich rief sie an. Sie wirkte am Telefon wie eine Chefsekretärin: Eine deutliche, gewählte Aussprache, die nahezu jeglichen Dialekt verbarg. Mich erinnerte dies sofort an eine Nachrichten-Sprecherin. Sie fragte sogleich, ob ich am kommenden Samstag Zeit hätte, mit ihr in eine Kunstausstellung zu gehen. Ich sagte zu, zumal es sich an diesem Wochenende um besagtes handelte, an dem Larissa was Besseres vorhatte, als sich mit mir zu treffen.

Pünktlich stand ich mit meinem neuen (gebrauchten) Sport-Coupé vor ihrer Haustür, einer ziemlich mondän wirkenden alten Villa, aus der man aus dem Dachgeschossfenster bestimmt bis auf den Rhein schauen konnte.

Als ich an der Haustür klingelte, trat eine dralle, 1,75 große, wirklich apart aussehende Frau an die Tür. Klassisches Kleid, nicht zu schick, hochgestecktes Haar, dezent geschminkt, einfach perfekt gestylt. Aus dem ebenmäßigen, wohl meistens ernsten Gesicht schien ein seichtes, freundliches Lächeln zur Begrüßung mit Handschlag. Den ich im Übrigen als ziemlich fest, für eine Frau erinnere. Sie trat unmittelbar aus dem Haus und wir stiegen in mein Auto.

Wir fuhren einige Kilometer in ein altes stillgelegtes Fabrikgelände, welches jetzt offenbar Domizil von Künstlern und irgendwelchen hippen Start-up Firmen war.

Einige Treppen aufwärts betraten wir eine riesige, wände-lose Etage voller ebenfalls riesiger Gemälde an Außen- und Stellwänden. Die Ausstellung war gut besucht, viele, häufig skurril gekleidete Personen mischten sich mit anderen in Nobelklamotten, mit dem obligatorischen Sektglas in der Hand, unterhielten sich offenbar tiefgründig vor den Bildern stehend über irgendwelche Details oder den Ausdruck des Gemäldes.

Susi kannte ganz offensichtlich viele der Leute, sprach mit ihnen, stellte mich einigen vor und schien mir eine echte Expertin für diesen Malstil zu sein.

Ich hielt mich bis dato für relativ gebildet, auch in Sachen Kunst, aber das, was hier ausgestellt war, war…, ja, was war das eigentlich? Ein einziges wirres Geschmiere und Gekleckse! In einer Ecke der Etage hatte der Künstler einen Teilbereich durch flache Rolltische etwas abgetrennt und dort auf Holzböcken aus dem Baumarkt eine Leinwand, groß wie eine Tischtennisplatte, waagerecht liegen, auf die er flüssige Farben in allen bunten Tönen dieser Welt eimerweise auskippte, die Leinwand manchmal anhob, sodass sich die Farben miteinander vermengen konnten und dabei neue Farbtöne ausbildeten. Dann schrubberte er mit einem Pinsel, der wie ein Mini-Hexenbesen aussah, in dieser Farbsuppe herum, zog damit Spuren und Striche, begutachtete das, was er machte, fachmännisch, schrubberte wieder herum und schien doch nach relativ kurzer Zeit (zumindest erstmal) fertig zu sein. Er wischte sich die Hände mit einem Lappen etwas ab, damit er danach einige der Gäste, unter anderem auch Susi, persönlich begrüßen und ein paar Worte wechseln konnte.

Mann, war das hier alles abgehoben! Und die Bilder? Unfassbar für mich, wie sich so viele Leute, die sicher nicht der Unterschicht zuzurechnen waren, sich für so eine gequirlte Scheiße begeistern konnten!

Ich erinnere mich kaum, wie ich jemals so große Probleme hatte, gute Miene zu machen, interessiert zu wirken und wenn es sich absolut nicht vermeiden ließ, mit einem diplomatischen Kennerblick irgendwas Unverfängliches und trotzdem nicht Blödes zu sagen.

Nach Stunden waren wir endlich wieder draußen und sie stimmte zu, angesichts des schönen Spätsommerabends noch einen kurzen Spaziergang am in der Nähe liegenden Rhein zu unternehmen.

Auf der Promenade war mächtig was los. Schon nach wenigen Schritten hatte sie offenbar Probleme mit ihren spitzen Stöckelschuhen und hakte sich vielleicht deswegen bei mir unter. Wenn sie überhaupt was erzählte, dann immer noch irgendwelche Kommentare zu diesen beknackten Gemälden. Während ich überlegte, was ich dazu sagen sollte, glitt mein Blick über das Wasser, die Kähne und den Leuten, die am Ufer saßen und dann fuhr mir plötzlich ein gewaltiger Schreck in die Glieder, der mich regelrecht taumeln ließ: Larissa saß da mit zwei Freundinnen auf einem dieser Betonklötze! Ja, sie war es eindeutig! Meine Gedanken rasten. Wieso ist die hier, fast 50 Kilometer von ihrer Scheiß-WG-Hütte? Wieso ist die jetzt hier, hat die mich die ganze Zeit verfolgt?

Ich war dem Zusammenbruch nahe. Meine Gedanken rasten. Ich konnte kein Wort sagen. In dem Moment hielt eher Susi mich fest, als ich sie. Ich versuchte mein Gesicht von Larissa wegzudrehen, aber ich war mir sicher, dass sie mich gesehen hatte. Sie hatte das Geplauder mit den beiden anderen definitiv unterbrochen und sah direkt zu mir!

Scheiße, wie konnte das geschehen?

Ich befand mich in einem gewissen Trance-Zustand, der mich automatisiert das Auto zu Susi nach Hause fahren, mich dort aussteigen und ihr in ihr Haus folgen ließ.

Ich hatte keinen Blick für all den modernen Kunst-Scheiß von Bildern und Skulpturen in dem Haus, saß irgendwie an einem Tisch in der übergroßen Küche, hörte das Dröhnen des noblen Kaffeevollautomaten, der Espresso zubereitete und das Klappern des teuren Kaffeegeschirrs. Sie sagte irgendwas zu mir, als ich an dem Kaffee nippte, ich erinnere mich nicht mehr. Bei aller

Verwirrtheit erinnere ich aber, dass ich Durst hatte und mir schnell die ganze Tasse und das kleine Glas Wasser, welches sie dazu reichte, in den Rachen goss.

Und dann hatte ich irgendwie einen Filmriss.

—

Noch heute wache ich manchmal nachts auf und träume von diesem Abend, und mein Gehirn windet und rotiert in dem Versuch, zu ergründen, was da geschehen war. Aber ich habe tatsächlich eine Lücke, wie nach einem schweren Unfall mit einem Trauma.

Ich erinnere mich, wie ich daraus aufwachte. Es war dieser eklige Gummigeruch, der mir in die Nase stieg. Dieser war nicht Ursache für das Erwachen, blieb aber als erste Erinnerung haften, weil er bei mir eben ein so Brechreiz erregendes Gefühl auslöste, welches durch einen dumpfen, dröhnenden Kopfschmerz noch gesteigert wurde.

Quelle des Geruchs war eine Gummimatte, auf der ich lag. Auf dem Bauch. Und ich spürte, dass ich nackt war.

Vollkommen nackt.

Ich versuchte irgendwie durchzuatmen. Aber da stieg mir ein weiterer Geruch in die Nase. Der Geruch von Pisse! Ich spürte, dass es im Bereich meines Unterkörpers nass war.

Scheiße, hab' ich mich eingenässt?

Im Gegensatz zu meinem restlichen Körper, der fast kalt war, spürte ich in dem nassen Bereich rund um meinen Arsch und Schwanz eine gewisse Wärme, die allerdings schnell nachlassend war.

Es war fast ein Kampf, den ich mit mir selbst austrug, meine Augenlider zu öffnen oder lieber wieder in diese Nacht, in dieses Nichts, dieses Nichtvorhandensein zurückzukehren.

Schließlich öffnete ich sie leicht.

Der Blick war unscharf, wie durch alte, rauchvergilbte 70er-Jahre Fenstergardinen. Der Raum, in dem ich lag, schien nur schwach beleuchtet. Irgendwas war um mich herum geschlossen. Der Blick erinnerte an den aus dem Fenster eines Gefängnisses. Ich drehte leicht den Kopf und erkannte, dass ich mich in einem Käfig befand, der wie eine Käseglocke über meinen Körper und diese Gummimatte gestülpt war. Ich griff nach dem Eisengitter und stellte fest, dass es schwer war, massiv-eisern, nicht anhebbar. Den Kopf weiterdrehend, befand sich an dessen oberen Rand eine eiserne Kette, die irgendwie bis an die Decke ragte. Aber unmittelbare stechende Schmerzen ließen meinen Kopf sich schnell wieder nach unten, mit dem Gesicht auf diese Scheiß-Matte richten. Ich hatte irgendwas um den Hals. Es war ein breites ledernes Halsband mit Nieten, die wie Dornen daraus hervortraten. Bei jeder Bewegung mit dem Kopf bohrte sich mir eine von den spitzen Nieten in den Hals.

Diese verdammten pochenden Kopfschmerzen hatten insofern was Gutes, denn die sich immer weiter steigernde Verzweiflung, gefangen zu sein, in einem Käfig, einer Folterkammer, konnte sich dadurch nicht voll Bahnbrechen.

Ich kannte Kopfschmerzen seit meiner Kindheit, sie machten mir ab und an zu schaffen, warfen mich stets völlig zu Boden, brauchte ich manchmal über zwei Tage hinweg diverse Schmerztabletten, um sie wieder loszuwerden. Aber das hier war außergewöhnlich. Der

Schmerz war ebenfalls massiv, nahezu alle körperlichen Steuerungsfunktionen hemmend. Es kam aber eine völlige Dysfunktion des Gehirns hinzu. Mein mehrfacher Versuch, irgendwie auch nur ansatzweise eine geistige Kontrolle über das, was hier los war, herzustellen, scheiterte kläglich. Ich spürte, wie mir der Speichel aus dem Mund rann und ich anfing zu weinen.

Was ich zuvor schon beim Versuch, meinen Kopf anzuheben und zu drehen, erkannte, war, dass eine Person auf dem Käfig über mir hockte.

Eine Frau.

Seltsam gekleidet. Hohe schwarze Stiefel, deren Hacken sich zwischen die Gitterstäbe klemmten. Ihr Körper nackt, einzig umgeben von vielen schwarzen ledernen Riemen, viele Nieten, Ketten, offenes mittellanges Haar und das Gesicht seltsam geschminkt, alles irgendwie dunkel, schemenhaft. Sie hatte mächtige Titten, von Ketten umklammert und ihr Geschlecht war von dem ganzen Gehänge ausgespart worden.

Sie stand da, etwas gebeugt und wichste sich die Muschi mit dem geflochtenen, ledernen Ende einer kurzen Peitsche, die sie in der Hand hielt.

Ich hörte, wie sie stöhnte, nach Atem rang. Vielleicht hatte sie gerade einen Abgang gehabt oder tatsächlich in einem Rausch sexueller Lust auf meinem Arsch uriniert.

Ich merkte, wie ich zusätzlich zu den Tränen, die mir aus den Augen quollen, zu schluchzen anfing, wie ein Kleinkind heulte, Angst hatte, mich in einem absoluten Horrorfilm zu befinden, aus dem es kein Entrinnen gab.

Sie schien diese Angst zu spüren, spielte wie eine Katze mit ihrer Maus, indem sie ihre mehrschwänzige Peitsche über meinen Rücken gleiten ließ, mir mit dem harten Ende, mit dem sie sich eben noch die Muschi massierte, zwischen die Arschbacken glitt, es tiefer schob, über meinen Sack bis zu meinem Schwanz, wobei ich instinktiv versuchte, meinen Körper stärker auf die Gummimatte zu drücken und die Beine zusammenzupressen.

Sie sprach zu mir, sanfte Worte, zärtliche Worte. Aber ich verstand kein Wort, mein Heulen und Schluchzen war zu laut. Aber ich meinte zu erahnen, dass sie mir signalisierte, mich aus dem Käfig befreien zu wollen. Trotz sie tatsächlich nicht verstanden zu haben, versuchte ich mit dem Kopf zu nicken. Ein Zeichen, zu allem bereit zu sein, Hauptsache, sie befreit mich aus dieser Lage.

Sie schien von dem Käfig herunterzusteigen und etwas abseits daneben eine eiserne, klackernde Kurbel zu betätigen, woraufhin sich dieser schwere Käfig etwas anhob, allerdings nur so weit, dass ich langsam und wie ein Salamander kriechend meinen Körper nun darunter herausschieben konnte.

Die körperliche Anstrengung war so enorm, dass ich nahezu nicht spürte, so nackt wie ich war, flach auf einem kalten gefliesten Boden zu liegen.

Ich spürte Druck an meinem Hals, irgendwas klickte an diesem Halsband, zog daran, und je stärker es zog, desto enger schnürte es ich um meinen Hals. Dieses Gefühl, von dem Ding erdrosselt zu werden, mobilisierte meine letzten Kräfte, meinen Körper anzuheben und irgendwie auf alle Viere zu gelangen. Der Druck ließ daraufhin nach, ließ mich vorsichtig zur Seite schauen und erkennen, dass sie neben mir stand, eine schwarze, lederne Hundeleine in der Hand, die ganz offenbar mit meinem Hals verbunden war.

Ich blickte wieder nach unten, weinte, würgte, versuchte zu kotzen, aber es kam nur Galle.

Sie zog an der Leine, zwang mich dadurch voranzukrabbeln in Richtung eines Hundenapfs, in dem sich augenscheinlich Wasser befand. Ich senkte meinen Kopf in den Napf und sog etwas von dem Wasser in mich hinein.

Es schmeckte, glaube ich, nicht wie klares Wasser. Aber die Kopfschmerzen gingen extrem schnell zurück, gleichzeitig wurden aber die Sinne fast augenblicklich benebelt. Ab da hatte ich erneut eine Erinnerungslücke.

—

Was ich als Nächstes wieder erinnerte, war dieses Bett. Auf dem Rücken liegend lag ich unter einer dicken Decke, öffnete vorsichtig die Augen und erfasste einen sehr klassisch ausgestatteten Raum, wie man sich vielleicht das Schlafzimmer eines alten Herrenhauses vorstellt: Pastellfarbene Tapete, alte Gemälde an der Wand (keine moderne Kunst!). Es war ein breites, flauschiges Bett, mein Kopf eingesunken in einem dicken Kopfkissen.

Die Sonne schien leicht durch einen großblättrigen Baum hindurch in das große Fenster.

Ich glaube, ich lächelte. Lächelte vor Erleichterung, diese Tortur überstanden zu haben, nein vielmehr stellte sich irgendwie eine wahnsinnige Entspannung ein, als ich glaubte, zu erkennen, dass alles nur ein böser Traum war.

Aber ich grübelte, versuchte diese Lücken in meiner Erinnerung zu füllen und musste feststellen, dass es nicht gelang.

Vorsichtig öffnete sich die Tür und als Susi sah, dass ich erwacht war, trat sie ein. Sie hatte ein, ihrer Figur entsprechendes, recht edel aussehendes Kleid an, lächelte und fragte:

„Jacky, mein Armer, geht es Dir wieder besser?"

Ich glaube, ich nickte nur leicht, denn ich war irritiert von dem Gleichklang von Susis Stimme mit der dieser grausamen Domina.

Sie sagte, ich solle ins Bad gehen, mich anziehen und ein Frühstück gäbe es auch noch in der Küche. Dann ging sie wieder hinaus und zog die große, schwere Tür hinter sich zu.

Langsam rutschte ich seitlich aus dem Bett. Als ich die Füße auf dem Boden aufsetzte, um festzustellen, ob ich überhaupt stehen und gehen konnte, merkte ich, dass ich vollkommen nackt war. Erneut trat der vergebliche Versuch ein, sich zu erinnern, wie ich wohl nackt in dieses Bett gekommen war.

Vorsichtig schlurfte ich in das Bad, welches direkt von dem Zimmer abging. Ich setzte mich auf die Kloschüssel, pinkelte, und als ich wieder aufstand, um die Spülung zu betätigen, wunderte ich mich über die seltsame rostbraune Farbe des Urins. Am Waschbecken stehend wusch ich mir die Hände und rieb mir etwas Feuchtigkeit durch mein unrasiertes Gesicht, stellte beim Blick in den Spiegel fest, dass ich einen sehr trüben Blick hatte und meinte Ringe unter den Augen zu haben, als hätte ich tagelang die Nächte durchgemacht.

Mit den Händen glitt ich mir über das Kinn und streckte dabei etwas meinen Hals, wobei mir seltsame Kratzer auffielen. Ich nahm sie genauer in Augenschein und ja, tatsächlich, ich hatte am Hals im Übergang zum Kinn Schrammen, von denen einzelne wohl auch leicht geblutet hatten, weil mir ganz offenbar dort irgendwas tiefer ins Fleisch hineinschnitt.

Ich zitterte.

Ich musste die Hände am Rand des Waschbeckens

ablegen, mich regelrecht etwas aufstützen, um nicht zusammenzusacken. Das Zittern der Hände wurde stärker und breitete sich langsam aber kontinuierlich immer weiter auf den Körper aus.

‚Reiß dich verdammt nochmal zusammen!!!', bläute ich mir ein und mobilisierte dadurch meine wenigen Kräfte.

Zurück im Zimmer, lagen dort alle meine Klamotten über einem Stuhl und so schnell ich konnte versuchte ich mich anzuziehen: Unterhose, Socken, die Hose zerrte ich mir hoch, das Hemd knöpfte ich nicht zu, in die Slipper schlüpfte ich rein und fummelte mit den Fingern das Leder über die Hacken.

Schon beim Hochziehen der Hose spürte ich meine Schlüssel in der Hosentasche, ertastete den Pieper für mein Auto und öffnete nun vorsichtig die Zimmertür.

Ein langer Gang war zu erkennen, an dessen Ende eine große Tür mit eingelassenen Verglasungen.

In schnellen, fast laufenden Schritten ging ich auf die Tür zu, riss sie auf, stolperte das Treppenportal der Villa hinab, lief durch den Vordergarten auf eine gusseiserne Pforte zu, riss diese ebenfalls auf, entdeckte mein Auto, drückte den Türöffner, sprang hinein, drückte den Startknopf, trat voll aufs Gaspedal und raste davon.

Ich erinnere noch diese wahnsinnige Erleichterung, dass mir diese Flucht gelang.

Dass sie vollkommen vergeblich war, ich überhaupt nicht mehr in der Lage sein würde, tatsächlich dieser Frau zu entfliehen, hatte ich da noch längst nicht geschnallt.

—

Wenn ich jetzt mit jahrelangem Abstand hier an meinem kleinen Tisch in meinem Zimmer unserer Wohngruppe sitze, meinen Nachmittagstee dampfend vor der Nase, bin ich stolz auf mich, diese Odyssee, die sich an die erste Begegnung mit dieser Susi anschloss, durchstanden zu haben und ins Leben zurückgekehrt zu sein. Das war alles andere als selbstverständlich und ich hab' davon auch einiges glücklichen Umständen zu verdanken.

Die Drogenabhängigkeit führte mich erst wöchentlich zu ihr zurück und dann immer öfter. Am Ende wohnte ich (wenn man das so bezeichnen kann) bei ihr. Es brach quasi alles andere um mich herum zusammen: Von Larissa müssen wir gar nicht reden, im Job wurde ich schnell gefeuert, weil ich permanent zu spät oder gar nicht da war, den Führerschein haben sie mir natürlich auch irgendwann abgenommen, aber das größte Theater fand natürlich zu Hause bei meinen Eltern statt. Die schwankten mehrfach, mich rauszuschmeißen (mein Vater) oder mir verzweifelt helfen zu wollen (meine Mutter).

Immer wieder fuhr ich zu Susi, ließ mich von ihr mit Drogen vollpumpen und ergab mich dafür ihren perversen Gelüsten.

Auf irgendeiner Vernissage, ich weiß gar nicht mehr, was das war, war ich wohl noch etwas zu sehr auf einem Trip, sodass ich die Beherrschung verlor und mich mit anderen Besuchern anlegte. Ich hatte da einfach ein unstillbares Verlangen, ihnen zu sagen, was für eine Scheiße sie da eigentlich von sich gaben, und dann flogen auch ganz schnell die Fäuste.

Als die Polizei kam und uns alle auseinanderbrachte, wurde ich mit Drogen in den Taschen festgenommen, in einer Menge weit oberhalb eines möglichen

Eigenkonsums. Zwischenzeitig hatte ich nämlich noch weitere Leute von der finanziell und drogentechnisch unstillbaren Quelle Susi mitversorgt. (was man mir zum Glück niemals nachweisen konnte)

Dieses Ereignis war tatsächlich ein Glücksfall für mich, wurde ich doch erstmals behördlich als Junkie registriert und erhielt nach einiger Zeit (mit aktiver Hilfe meiner Eltern!) das Angebot zu einer Therapie.

Zu der Zeit berichteten die Fernsehnachrichten gerade darüber, dass in Oslo im Museum das Gemälde ‚Der Schrei' von Edvard Munch gestohlen wurde. Mehrfach wurde das Foto dessen gezeigt. Jetzt nach Jahren wird mir klar, dass ich damals genauso aussah, wie diese Figur, dieses Gespenst, dass verzweifelt zu schreien scheint.

Ich wog nur noch unter 50 Kilo. Meine Haut war dünn wie Pergament, rissig, brüchig, an vielen Stellen aufgeplatzt. Das Gesicht schmal, eingefallen und grau. Die Haare (meine schönen Haare!) büschelweise ausgefallen und sie wuchsen im Übrigen nie wieder. (Heute habe ich nahezu eine Glatze). Die Zähne faulig schwarz. Später mussten sechs Zähne gezogen werden und der Rest wurde (Dank des Portemonnaies meines Vaters) überkront. Mehrere Innenorgane schwer geschädigt, sodass ich wohl in ein paar Jahren regelmäßig zur Dialyse muss.

Kurzum: Es war allerhöchste Zeit, eine Therapie zu beginnen.

Wenn ich meinte, in Susis (übrigens, was für ein vollkommen unpassender, lieblicher Name!!!) Folterkammer würde ich durch die Hölle gehen, muss ich im Nachgang sagen, dass die Therapie um ein Vielfaches höllischer war!

Was da abging, kann ich bis heute nicht in Worte fassen.

Was bleibt, ist das Erstaunen, ja Entsetzen darüber, wie sehr Geist und Körper eines Menschen in einen Konflikt um Leben und Tod geraten können und wie irgendwie eine ‚dritte Macht' diesen Kampf entscheidet, ihn zur Zufriedenheit beider Parteien schlichtet, Frieden schafft, Ruhe bringt, Einsicht bringt, eine neue Basis für ein neues Leben herstellt. Das gelingt nicht immer, ist von vielen Höhen und Tiefen begleitet, hat bei einigen anderen nicht zu einem ‚Friedensvertrag' geführt.

Ich hatte das Riesenglück, es irgendwann geschafft zu haben.

Zusätzlich hatten mir meine Eltern nach der Therapie einen Platz in einer Wohngruppe für Ex-Junkies organisiert, nicht so weit weg von zu Hause. Und dank der dicken Betriebsrente meines Vaters kann ich da heute noch wohnen, zumal ich als ältester Bewohner (so manche sind fast fünfzehn Jahre jünger als ich) über eine Sonderstellung verfüge und mich als Laien-Betreuer, also dank des Personalmangels bei den Betreuern, als deren Gehilfe verdinge. So habe ich also immer ein bisschen Programm, lerne sehr viel über Menschen und deren Lebenswege und habe manchmal (leider nur manchmal) Freude daran, anderen helfen zu können, einen Weg aus einem Tief zurück ins Leben zu finden.

Was ich schon seit jetzt bald fünf Jahren nicht mehr habe, ist Sex und ich muss sagen, es macht mir überhaupt nichts aus!

Ich bin zwar erst Mitte-Ende-Dreißig, einem Alter, wo alle anderen Männer ‚noch voll im Saft stehen'.

Ich nicht.

Ich blicke keiner Frau mehr auf den Arsch oder in den Ausschnitt, guck mir keine Porno-Filmchen mit dem Handy auf dem Klo an und muss mir auch nicht in der

Dusche morgens einen runterholen, weil ich den Druck auf den Eiern nicht mehr aushalte.

Nein.

Es ist ein Gefühl, als hätte sich bei mir körperlich alles zurückgebildet, oder vielleicht hat es mir in Sachen Sex die letzten Jahre einfach gereicht, bin ich abgefüttert wie ein sattes Baby, das jetzt einfach zufrieden dreinschaut und eine Neigung hat, einfach einzuschlummern.

Ich glaube, zum ersten Mal, seit der Kindheit, richtig glücklich zu sein.

NACHWORT

Alle Personen der Handlung sind zum Schutz ihrer
Persönlichkeit verändert und Ihre Namen und ihre
persönlichen Eigenschaften wurden verfremdet.
Die Veröffentlichung der Geschichte geschieht unter der
Voraussetzung, dass ich als Autor anonym bleiben muss.
Keinesfalls möchte ich riskieren, dass die geschilderten
teilweise intimen Details auf lebende Personen
zurückgeführt, Personen der Handlung identifiziert
werden, oder sogar Personen der Handlung sich beim
Lesen selbst identifizieren können.

Jack Jones